賢者の転生実験 4

東国不動
TOUGOKU FUDOU

主な登場人物
Main Characters
レオ
大賢者ルドルフによって
転生させられた少年。
魔導学院の最下位クラスに
配属されている。
ルドルフ
大賢者と呼ばれる
レオの父親。
魔法犯罪者として
指名手配されている。
マリー
レオの双子の妹。
成績優秀で生徒会の
副会長に就任する。
ルナ
獣人の女の子。
魔導学院では猫の姿で
行動している。

レイモンド
名門貴族出身の
エリート。
人望が厚く、
生徒会長を務める。
ソシン
帝国で暗躍する謎多き男。
七魔将の中では新参。
フーバー
帝国七魔将の一人。
城攻めの名手として
知られる。
ベルナー
驚異的な身体能力を持つ
帝国の皇子。
明るく豪快な性格で
人を惹きつける。

プロローグ

転生者の少年、レオ・コートネイは深い森の中にいた。

自分がなぜここにいるのかも分からず、鬱蒼《うっそう》とした木々をかき分けてあてどなく彷徨《さまよ》う。

いつしか彼は、小さな村に迷い込んでいた。

簡素な草ぶきの家屋が立ち並んでいるが、人は誰もいない。

「寂しい村だな。けど、どこか懐かしい気がする」

その時、木々のざわめきの中に少女の軽《かろ》やかな歌声が混じっていることにレオは気づく。

歌声を追って村の中を歩き回ると、広場に辿り着いた。

「～♪～♪」

そこには大きな岩があって、その上に少女が一人座っていた。

歌声は彼女のものらしい。

「……ミラ？」

その少女を見たレオの口から、無意識のうちに呟《つぶや》きが漏れる。

だが、今目の前にいる少女が、ミラであるはずがない。

ミラは、グマンの森にある獣人の村の村長で、見た目は二十代半ばぐらいの妖艶《ようえん》な女性だった。

少女には獣人の特徴である獣の耳も尻尾《しっぽ》もない。

そもそも……彼女は十年前に死んでいるのだ。

グマンの森に派遣された帝国の部隊に殺された。

三万の将兵が忽然《こつぜん》と消え去った『裁きの日』と呼ばれる日の出来事だ。

「久しぶり、レオ」

近づいてきたレオに気がついたのか、少女が楽しげに足をバタつかせながら声をかけた。

「え？　まさかそんな……」

目を見開き驚くレオに対して、少女は年齢に似合わぬ大人びた笑みで応えた。

その顔を見て、レオは確信した。

「やっぱり……ミラなんだな」

「えぇ」

裁きの日……それは、ミラを殺されて逆上したレオが引き起こした天災とも呼ぶべき大虐殺《ぎゃくさつ》事件である。

その日を境に彼の家族は離散し、父のもとに残ったレオは地下に篭《こ》もって魔法の研究に明け暮れた。

転生したミラに再会することだけを願って。

「会いたかったよ……」

レオは岩のそばまで歩み寄り、恐る恐る手を伸ばす。

「私も……」

レオの手が触れるか触れないかのところで、少女は岩から飛び降りた。

「――でもね。ここは違うの。本当の世界じゃないの。それに…… 〝今の私〟の心は、もう昔のミラじゃ……」

寂しげに微笑《ほほえ》む少女の顔に、わずかな翳《かげ》が差した。

「え？　どういうことだよ？」

レオにはその言葉の意味が分からなかった。

「今日はレオに教えてあげようと――」

「何を？」

「レオ、帝国に不穏《ふおん》な動きがあるの。良くないことが起こりそう」

神妙な顔でそう言った少女に、レオは薄く笑って応えた。

「帝国？　……もうあの時の俺じゃないよ。今度はイグロス帝国だろうがランドル王国だろうが、ぶっ潰《つぶ》してお前を守れるさ」

突拍子《とっぴょうし》もない発言だが、あまりにレオが自信満々に言うので、少女は思わず苦笑いした。

「もう……そう言ってくれるのは嬉しいけど」

「な、なんだよ？」

「お父さんにそっくりになっていくね。お馬鹿《ばか》なところもそっくり」

「なんであんな奴に！」

声を荒らげ、怒っているように見せても、レオは内心の喜びを隠すことはできなかった。

ミラとこんな他愛のないやり取りをできるだけで幸せだった。

十年前、ミラを失っていなかったら、自分はどんな人生を歩んでいたのか？

妹のマリーや、母のクリスティーナと一緒に、あの森の家で静かに暮らしていただろうか？

遠い子供時代の思い出がレオの頭に浮かび、あり得たはずの今を描いていく。

しかし、幸せな時間は長くは続かなかった。

まるで濃い霧《きり》に包まれたかのように、だんだんとレオの視界がぼやけてくる。

「もう行かないと……」

名残《なごり》惜しそうに微笑むミラの体が白い光に包まれ、遠ざかっていく。

「ミラ！　まだ、もう少し……どうにかならないのか？」

理由は分からないが、もう時間がないことはレオにもなんとなく感じ取れた。

「帝国の七魔将には気をつけてね……」

「ま、待てよ。そんなことどうでもいい。俺はっ！」

ミラが光の中に消えていく。

絶対に届かないのだろうな思いながらも、レオは必死にミラの方へ走った。


目を開けると、簡素なベッドの上だった。

「夢？」

ここはオルレアン高等魔導学院の寮。

隣のベッドからは騒音と言っても過言ではないほどのイビキが聞こえてくる。

相部屋のベルナーが大口を開けて寝ていた。

末席ながらも帝国皇家の血筋を引く正真正銘《しょうしんしょうめい》の皇子でありながら、なんの因果《いんが》かこんな狭い部屋でレオ達と寝食を共にしている変わり者だ。

「ミラ……」

レオはぽつりと呟いた。

詳細には覚えていないが、ミラの夢を見た気がする。

学院に来てからは思い出すことも少なくなっていた。夢の中で見た彼女がどんな顔だったかも、もう思い出せない。

何か忠告をされたような……それだけは覚えていた。

「そうだ……夢の中のミラは……帝国に気をつけろって」

確かに、このところ帝国はきな臭い動きをしている。

たかが夢の中の話。それでも、レオは合理的に考えた。

自分の潜在意識が夢でシグナルを送ったのだ、と。

窓を見ると、まだ外は薄暗い。

授業が始まるまで一眠りする時間はある。

レオは頭から布団《ふとん》を被って目を閉じた。

1

「あ、あの……好きです。付き合ってください」

女子学生の声で、放課後の廊下《ろうか》が一瞬静まりかえった。

ここはバッカド教国にある魔術の最高学府たるオルレアン高等魔導学院。その中においては最低レベル〝おちこぼれ〟と称されるR３クラスの前である。

ちなみに、この〝R〟は予備（リザーブ）のRだ。

「え？　急に言われてもね」

告白をされた目付きの鋭い男子生徒は、レオ・コートネイ。今は偽名でレオ・ライオネットを名乗っている。

「む、無理ですよね」

「……悪い。無理」

決死の思いの告白が、あまりにもぶっきら棒に断られ、女子生徒はその場で泣き崩れてしまった。

周囲の視線と気まずい空気に耐えかねて、レオはそそくさと自分の教室に逃げ込んだ。

レオがクラスに戻るなり、制服をラフに着崩した派手な女子生徒――現代日本で言うならばギャルである――エマが声をかけた。

「ちょっとレオ、B１クラスの女とはなんの話だったのよ」

そう言って凄《すご》むエマを筆頭に、興味を持った何人かの女子がレオの周りにわらわらと集まった。

「付き合ってくれってさ」

「で、レオはなんて答えたのよ」

「急に言われてもって」

「そんだけ？」

「悪い無理って」

その答えを聞いた瞬間、身長の低いネクロマンサーの女の子、アンナが跳び上がり、手にしていた木の杖でレオの頭を殴《なぐ》った。

背の高いレオにとっては視界外からの一撃だった。

「いってー！　何するんだよ」

レオは不満を露《あら》わにするが、女子達の追及はやまない。

「レオくん。それはさすがに不義理なんじゃない？」

農村出身の苦学生だが、大貴族よりも貴族らしいと評される、しっかり者のジャクリーヌも叱責《しっせき》に加わった。

「な、なんでだよ。名前も知らない奴なんだぞ？　普通に断るしかないじゃないか。いてっ、いてっ」

弁解している間も、レオはアンナに杖で頭をポコポコ叩かれ続けていた。

「ふー。そうだけど、言い方ってものがあるでしょう。フリでもいいから、少しくらい考えてあげてから断ってもいいじゃない？」

「だって、その可能性はないだろう？　お前なら少しは考えるけどさ――」

「なっ⁉」

その一言で辺りの空気が凍《こお》った。

一瞬アンナの杖攻撃が止まったことで、ようやくレオもそれに気がついた。

「ん……どうした？」

「レ、レオ……それ、本当？　私が告白したら、考えてくれるの？」

先ほどまでの勢いはどこへやら、ジャクリーヌは頬《ほお》を赤らめて俯《うつむ》いてしまった。

「そりゃまあ、ジャクリーヌならな。知らない仲でもないし。いてっ、いてっ！」

堰《せき》を切ったようにアンナの杖攻撃が再開した。威力は数段増している。

「そ、そう……まあ、今度から気をつけなさいよ」

それだけ言い残して、ジャクリーヌは足早に去った。

「お、おい！　待てって。ジャクリーヌの奴、なんだったんだ？　……いってー!!」

レオの側頭部を叩いていた杖がついに眉間《みけん》を捉える。

さらにエマも無言でローキックを食らわせた。

「お、お前ら、いくらなんでも、それ以上やると衛星次元魔法の自動攻撃が発動して……ぐわっ！」

レオは高高度に浮かぶ衛星アーティファクトとリンクしており、自らの脅威《きょうい》となる対象を自動的に魔法で迎撃することができるのだ。さすがに学院で暴発するとマズイので、今は設定を最低レベルにして発動を厳重に抑えている。

それでも、彼女達の追及は容赦《ようしゃ》なく続いた。

ようやく女性陣が去ったところで、今度は相部屋でクラスメイトのベルナーとバーニーがレオを取り囲んだ。

「おいおい、羨《うらや》ましいなレオ」

ベルナーはニヤニヤ笑いながらレオの肩を小突《こづ》く。身長が高いレオよりも数段屈強《くっきょう》な肉体を誇るベルナーだが、人懐《ひとなつ》っこい性格が幸いして威圧感はない。

「本当だよね。どうしてそんなにモテるのさ」

豪商の息子のバーニーは、最近のレオのモテっぷりを思い出してしみじみと不思議がる。

「女ってのはミーハーだからな。レオは学内の有名人だし、当然だぜ」

訳知り顔で答えるベルナー。

「なるほど、例の模擬戦以来、レオはちょっとした有名人だもんね」

「俺が有名人？　ただの引き篭もりの間違いだろ」

得心がいかない様子のレオが、二人の会話に割って入る。

「一年のR３クラスが、二年のA１クラスに大金星を上げた立役者じゃないか」

「仮にそうだとしても、有名人になるのとモテるのに因果関係はないだろう？　……あ、俺のことを知っている女の母数が増えたから……そういうことか？」

魔導学院に入る前の十年間を、地下室に引き篭もって過ごしていた彼は人間関係の機微《きび》に疎《うと》いため、見当違いな結論に達した。

エマとアンナにやられたレオの傷を癒すべく、バーニーは懐《ふところ》からポーションを取り出しながら、しみじみ呟《つぶや》く。

「レオはどうしてこう対人関係が抜けてるんだろう……魔力量もアルケミストとしての才能も凄いんだけどなあ」

相変わらずコミュ障なレオであった。

◆◆◆

部活に入っていないレオは、授業が終わるとさっさと寮に戻ってしまうことが多かったが、模擬戦以降は時折生徒会室に寄るようになった。

書記に任命されたためである。

普段なら少なくても数人の生徒がなんらかの実務をこなしているところだが、今日の生徒会室にはレオと会長のレイモンドしかいなかった。

「どうしたいんだいレオくん？」

レオが扉を開けるなり、レイモンドが訝《いぶか》る。

傷はバーニーにもらったポーションで治していたが、服装の乱れは取り繕《つくろ》えない。

「ここに来るまでに実は……」

レイモンドはイグロス帝国にほど近い領地を持つ、フランドル王国でも最高の名門貴族で、学院一の有名人と言っても過言ではない。魔法の才能も天才的であり、三年生で最高のＡ１クラスに所属し、生徒会長までしているが、偉ぶるところはまったくない。

レオにとっても、話しやすい相手の一人だった。

「ははは。そんなことがあったのか」

「会長は俺よりモテるでしょうから、こんなことよくありますよね？　会長のことを知っている女性の母数だって多そうです」

「どうかなあ。今は君のほうがモテるんじゃないの？」

「まさか」

「颯爽《さっそう》と現れた期待の新人には敵《かな》わないよ」

レイモンドは自嘲《じちょう》気味に笑って肩を竦《すく》める。

「俺は書記、いわば雑用ですよ？　会長とは比べものになりませんよ」

レオとレイモンドがそんなやり取りをしていると、生徒会室の扉が開いた。

「こんにちは」

新たに副会長に就任した一年生の総代にして、レオの双子の妹、マリーである。

もっとも、レオとマリーは互いに兄妹であることを隠しているので、学院内でその事実を知る者は限られるのだが。

レオが振り向いて見ると、マリーはどこか不機嫌そうだった。

「おっす。遅かったね」

挨拶に会釈《えしゃく》で応えたマリーは、生徒会室に設置された作業台兼ミーティングテーブルの上に、持ってきた手紙の束《たば》を置いた。

「なんだそれ？」

そんなレオの質問には答えず、マリーはレイモンドに聞く。

「今日ってやることありませんよね？」

「特にないよ。会報は書記のレオくんに任せるし」

一方的に会長の一存で決められてしまったが、レオに異存はなかった。事実、彼はそういう仕事に向いていたし、その自覚もある。

「そうですか。じゃあ何か仕事があったら申し付けてください」

マリーは一言断ってから、ペーパーナイフで手紙の封を開ける作業を始めた。

一つ一つ手紙を読みながら、何やらメモをしている。彼女が持ち込んだ手紙の中には、大仰《おおぎょう》な封《ふう》蝋《ろう》で封をした豪華なものまであった。

何をしているかの説明はない。

「それ、何？」

改めてレオがそう聞くと、マリーはうんざりした様子でため息を吐《つ》いた。

レイモンドは気にした風もないので、何度かこの光景を見たのかもしれない。

「恋文《こいぶみ》よ……」

「恋文!?　それ全部が？」

「今日はそれほど多くもないわ。かといって、少なくもないけど」

「んで、何をメモっている？」

「どこのどなたがどんな内容の手紙を送ってきたか、整理しているの。私に対する好意の度合いもね」

「なるほど！　それを使って後で復讐《ふくしゅう》するんだな！　手伝《てつだ》うぞ！」

見当違いなレオの解釈に、レイモンドの笑顔がやや引きつった。

マリーも苛立《いらだ》たしげに眉間を押さえる。

「どうして恋文をもらった相手に復讐しないといけないのよ！」

「だってムカつくじゃないか」

「もう……ムカつくのはレオだけでしょ。一応、好意で書いてくださっているんだし」

「まさかお前、嬉しいのか？」

「嬉しくはないけど、こういう手紙だって、助けにならないってわけじゃないわ。返事もちゃんと個別に書くし――」

「や、やめろ！　何を考えてるんだ。マリーは俺の傍《そば》にいろよ！」

マリーの〝返事〟の意味を勘違いしたレオが、取り乱して大声を出す。

「な、なな何言ってるのよ？」

笑顔で見守っていたレイモンドも、ついに横から口を出した。

「いやー、レオくんのシスコンぶりは凄いな」

レイモンドには、二人が兄妹であるということはもう教えてある。

いや、察しがいいレイモンドには教えざるを得なかった、というのが正確なところだ。

「だっておかしいじゃないですか！　何人も何人も返事を書いて！」

「返事って、全部ＯＫとは限らないでしょ！　それに、別に色恋の返事を書いているわけじゃないわよ！」

「あっ」

そう言われて、ようやくレオは気がついた。

「レオはなんのためにここに入学したのよ！」

レオとマリーがこの学園に入学したのは、今は離れて暮らしているコートネイ家が、再び家族として一緒に暮らせるようにするためだ。

小国ながらベルン王国の王女である母クリスティーナと、そのベルン王国から魔法犯罪者として指名手配されている父ルドルフの間には大きな障害がある。

また、イグロス帝国も、大賢者と称され、魔法の秘術に通じるルドルフの秘密を狙って暗躍《あんやく》している。

マリー達は、各国の王侯貴族の子弟を味方につけて、世界のあり方から変えようとしているのだ。

彼女は出来の悪い生徒に教えるかのごとく、自分の行為の意味をレオに説く。

「そもそも人となりはどうなのか。恋愛をお断りしたらもう交流を持ってくれない人なのか、友人としてはお付き合いできる人なのか。友人の意味を誤解されないように、その人に合わせて文章を書いているのよ」

「でも、誤解されることもあるんじゃないか？　恋は盲目《もうもく》って言うだろう？」

レオはマリーの恋文の返事に関しては懐疑《かいぎ》的だった。

「今まで一度も失敗したことはないわ。一切交流をお断りしないといけないような相手には、そういう風に丁寧に返事を書いているしね」

「まさか全員に返事をしてるのか？」

「えぇ、そうよ？」

「マジかよ。恋愛そのものには肯定的な返事をしてないのに、問題は起きてないのか？」

「ええ。一度もないわよ。恋愛関係になるのを諦《あきら》めたって、好意があるなら友誼《ゆうぎ》を結びやすいでしょ」

こともなげに言うマリーに、レオは驚きを禁じ得なかった。

自分とは違ってコミュ力の化物《ばけもの》だな、と思う。

「ははは。マリーくんは凄いね。ところで、二人は何か目的があって入学したのかい？　もしよかったら教えて欲しいなあ」

レオとマリーの会話の内容に興味を持ったレイモンドが身を乗り出した。

マリーは入学式のスピーチで身分の貴賤《きせん》を問わず平等に学べる学院にしたいと理想を語ったが、その裏にある真意を、レイモンドはこの会話の中で敏感に嗅《か》ぎ取ったのだ。

国家や政治的な問題が絡むのであまり大っぴらに話せる内容ではないが、レイモンド生徒会長に関しては例外である。

彼の実家はフランドル王国の伯爵《はくしゃく》位を持つ名門であり、その領地は帝国領と接している要所、バスール領だ。彼の協力が得られれば、心強い味方になるだろう。

それに、マリーの考え方を知りながら、彼女達が生徒会に入るように仕組んだのも、このレイモンドなのだ。

「私達は父の嫌疑《けんぎ》を晴らして、立場を回復したいのです」

「なるほど。大賢者ルドルフ・コートネイ殿の……」

レオからしてみれば、ルドルフの名誉回復には興味などなかったが、誰気兼ねなく家族が一緒に暮らせるようにするにはそれも必要だったので、あえて否定はしなかった。

「〝ご協力〟頂けませんか？　今でなくても、いずれ……」

レイモンドがバスール領を継げる立場にあるのかどうか、レオは知らない。だが、マリーがそう言うならば、少なくともその可能性はあるはずだと思った。

「いずれ……か」

こと微妙な問題だからか、レイモンドは答えを明言せず、他の話題を振った。

「……ところでレオくん。事件の犯人は見つかったのかい？」

「事件の犯人？」

事情を知らないマリーが不思議そうに聞いたが、レオには心当たりがあった。

「ハリマウのことだろ」

ハリマウは、マリーの誘拐を目論《もくろ》んで模擬戦に介入してきた帝国の隠密《おんみつ》だ。

魔法使いとしての実力も相当で、もしレオが気づいて対処しなければ、生徒に犠牲者が出ていたかもしれない。

レオがその辺りをかいつまんで話すと、マリーは「私が誘拐されるはずないでしょ」と鼻で笑った。

「会長は知ってたんですか」

「ああ、トルドゥス学院長に聞いた」

ハリマウは学院長が捕らえて学院の地下牢《ろう》に繋いでいたのだが、校舎裏で死体として見つかった。

どうやって脱獄したのか、誰が殺したのかは未だに謎である。

そこまでの事情を知る者は少ないが、学院長の信任が厚いレイモンドには直々に話があったのだろう。

「で、そのハリマウがどうしたの？　犯人って？」

マリーの問いにレイモンドが答えた。

「ハリマウは学院の牢に入れられていたのだが、殺されてしまったんだ」

「殺されたって……誰がやったの？」

「さあ？　僕も分からない」

レイモンドは肩を竦めてレオの方を見る。

「学院長はハートリーを容疑者の一人として疑っているみたいですね」

ハートリーは模擬戦でレオがいる成績最下位クラスと戦った、二年の成績最高位クラスの担任だ。

模擬戦で不正を行った後、学院をやめている。

彼は学院の地下牢の魔法暗号も知っていたという。

「ハートリー先生か。優秀な先生だったからね……」

レイモンドの言い方はやや皮肉っぽい響きが含まれていた。

「それに、ハートリーは学園を去ってから行方不明なんです」

「行方不明？」

マリーが聞き返した。

「学院の先生が彼の家を訪ねても、もぬけの殻《から》だったそうだ。親戚縁者も消息が分からないらしい」

身近な教師の失踪《しっそう》にマリーが驚いていると、レイモンドがボソッと呟く声が聞こえた。

「犯人はハートリー先生で間違いない」

レオとマリーはレイモンドの顔を見る。

「が、先生は既にどこかで消されているだろうな」

どうやらレイモンドにとって、ハートリーはすでに死んだことになっているらしい。

レオは少し違和感を覚えたが、その正体が何かまでは分からなかった。

◆◆◆

レオにとって、帝国の動向に関する情報源はもっぱらベルナーだった。

レオとベルナー、バーニーの三人は寮で相部屋だ。

普段は真っ先に眠って大イビキをかくのはベルナーだが、今日はバーニーが先に床《とこ》に就《つ》いていた。

レオは放課後に生徒会室で話したハリマウの話題について、ベルナーの意見を求めた。

「……なるほどな。俺もハートリー先生は消されていると思う」

ベルナーは、レオが使い魔として持ち込んでいる黒猫のルナを膝《ひざ》の上に抱《かか》えながら頷《うなず》いた。

「でもなあ……ハリマウはかなりの手練《てだれ》だった。ハートリーが始末できるとは思えないんだよな。それとも、帝国にはハリマウを簡単に消せるほどの奴がわんさかいるのか？」

誘拐の話を聞いたマリーは、自分が拐《さら》われるはずがないと言ったが、レオはそれほど楽観視していない。

十年間離れればなれで暮らしていたマリーの実力を全て知っているわけではないが、彼女がハリマウと戦って簡単に勝てるかどうかは疑問だった。

「ハートリーが手を下したとは限らないさ。ハリマウはフーバー将軍旗下《きか》の隠密を名乗ったんだろ？」

「ああ」

「帝国の七魔将はそれぞれ強力な子飼いを持っている。ハートリーはハリマウを逃がすために帝国の隠密を手引きしたんだろうな。その時にハートリーとハリマウはその隠密に裏切られて殺された。そう考えても筋《すじ》は通る」

それほど強力な隠密を複数抱えているとは、帝国に対する認識を改める必要がある——レオは密かに気を引き締めた。

「仮にそうだとして、ハリマウはなんのために消されたんだ？」

「もちろん口封じだろう。帝国の情報を漏らさないようにな」

情報秘匿《ひとく》のためというのは、レオもトルドゥス学院長も考えた。

内通者であるハートリーが消されるのはまだしも、ハリマウまで殺す理由が、レオには分からなかった。

「で、殺してまで隠さなければならなかった帝国の情報ってなんだ？」

「そんなもん、人質《ひとじち》に出されている末席皇子の俺が知るかよ」

「ベルナーは肝心なことは何も知らないんだな」

「お前、人に聞いといて、そういうこと言う？」

レオの言い草に、ベルナーは不満を露わにした。

「にゃ、にゃーにゃにゃ（もう、二人とも喧嘩《けんか》しないで）」

険悪な空気を察知して黒猫のルナが猫語で仲裁《ちゅうさい》に入った。

ルナは元々レオやルドルフと同棲《どうせい》している猫型獣人だが、特別なアーティファクトで、レオの黒猫——本当はミーコという名前——と魂《たましい》を入れ替えて、時々レオのもとに訪れていた。

ベルナーはルナには滅法《めっぽう》弱かった。

「ま、ルナちゃんが言うなら仕方ないな」

「にゃ。べるにゃにゃにゃ。にゃにゃれおにゃ（うん。ベルナーは偉い。それに比べてレオは）」

元々猫語を知らなかったベルナーだが、今では猫になっているルナの言葉がほとんど理解できるようになっていた。

「だろ～？　ルナちゃん。それにしてもレオがあのルドルフ・コートネイの息子だなんてな。道理ですげー魔力なわけだぜ」

レオはベルナーに父親の名前がルドルフだとしか言っていなかったが、模擬戦以来、ベルナーは勝手にレオの父は大賢者ルドルフと決めつけていた。

「俺は俺だ。誰の息子だろうと関係ないね」

「お前がことあるごとに魔法に関する知識を親父に求める理由が分かったよ。俺の胸の黒いアザも調べてもらおうとしてたよな」

「言っとくけどな、魔法知識はともかく、俺は魔法戦ではルドルフより強いからな」

「お～怖い。お前には無音の霧《サイレント・ミスト》とかいう、性格のひねくれた魔法もあるしな」

ベルナーはおどけて震えるフリをしてみせる。

無音の霧《サイレント・ミスト》は、転生者であるレオの知識とこの世界の魔法が融合した特殊な魔法群——兵器魔法《ウェポン・マジック》の一つだ。魔力によって毒性を強化された無色無臭のウィルスが敵を屠《ほふ》り、たちまち世界を静寂《せいじゃく》に包む、恐るべき魔法である。

術者や仲間はこのウィルスから身を守るために、使用前にワクチンを注射しなければならない。

「注射に半べそかいてた奴がよく言うよ」

レオは意地悪く微笑む。

「にゃにゃにゃ！　にゃにゃ！　(ちゅうしゃは怖い！　泣くのは仕方ない！)」

「そうだそうだ！」

注射の話を持ち出したことで、レオはルナまで完全に敵に回してしまったのだった。

模擬戦から数ヵ月。

レオ達がオルレアン高等魔導学院に入学して、半年あまりの月日が流れた。

この頃になると、クラスごとの授業とは別に、個人の自由選択授業がはじまっていた。

選択の授業はクラスをまたいで行われるため、希望者の人数次第ではRクラスと、AクラスやBクラスの生徒が同じ教室で授業を受けることがある。

特にレオが選んだアーティファクト作製の授業は、選択した――いや、選択できた生徒が極端に

30

少なかったので、クラスの垣根がなかった。

アルケミストとして大成すれば大儲《おおもう》けできるとあって、アーティファクト作製の授業は人気が高い。だが、アーティファクト作りには卓越《たくえつ》したセンスが必要になるため、選抜試験は非常に難しいのだ。

「レオくん。ポーションが上手《うま》くできないんだけど、使う薬草が間違っているのかな？」

最下位であるRクラスのレオに、最上位であるAクラスの女生徒が教えを乞《こ》いに来ていた。

「ポーション……いや、そもそもアーティファクト製作は素材の良し悪《あ》しや組み合わせよりも、素材の効果を魔力でいかに〝強化〟するかが重要なんだよ」

「そうなの？」

「たとえば……そうだな。ちょっと待ってて」

レオは教室から出て、校庭の雑草を一掴《ひとつか》み取ってきた。

「どこにでもあるヨーモギだ。この草だってわずかに回復効果はある。それを上手く引き出すことが重要なんだ。やってみるね」

レオはヨーモギをすり潰して搾《しぼ》った液体を、蒸留《じょうりゅう》水で希釈《きしゃく》する。

その液体に手をかざして魔力を込める。

「よし！　ポーションになったよ」

レオは薄緑色の液体が入った試験管を差し出す。

「ホント？」

「ああ、ポーション試験紙で調べてみて」

レオが作ったポーションにAクラスの女生徒が小さな紙片を浸した。

「わわわ！　ミドルポーションぐらいの回復力がある！」

真っ赤に染まった試験紙を見て、他のAクラスの女生徒からも驚きの声が上がった。

「ヨーモギみたいなどこにでもある草でミドルポーション作れたら、三年で豪邸《ごうてい》が立っちゃうんじゃない？　レオくん、凄すぎ！」

その様子を近くで見ていたR３クラスのエマは、面白くなさそうに口をへの字に曲げた。

「な～にが〝レオくん凄すぎ〟よ。そんなこと、こっちは半年以上前から知ってますっての！」

「まあまあエマさん」

悪態をつくエマをA３クラスに所属するウェステがなだめた。彼女はスラム出身の平民ながら、レオの教えを受けて才能を開花させた少女である。

二人とも元々アルケミスト志望ではなかったが、レオがこの授業を受けることを知って、後を追うように選択した。

ウェステはともかく、エマはレオの教えを受けたからこそこの授業の選抜試験に通ったようなものである。

「おーい。お前ら、ポーション出来たかあ？　分からん奴はレオに聞け、レオに」

教卓に肘《ひじ》をついた派手な化粧《けしょう》の女教師が、欠伸《あくび》を噛《か》み殺しながらやる気のない発言をした。

この授業の担当はR３クラスの担任でもあるミレーヌだった。

彼女はアーティファクト作製が専門というわけではないが、魔法に関してはなんでも器用にこなすので担当に選ばれたのだ。

もっとも、やる気がない彼女は授業の大半をレオに丸投げしているのだが。

最近ではレオも学院で実力を見せるさじ加減や、人とのコミュニケーションのコツを掴みはじめていたため、人にものを教えるという行為も普通にできるようになっていた。

レオの教え方は素《そ》っ気ないが、分かりやすいと評判で、信者や自称弟子のような存在も現れはじめている。また、女子生徒ばかりでなく、上級のクラスの男子生徒もレオの実力を認め、教えを乞うようになっていた。

図《はか》らずも学内で味方を作るというマリーの計画が成されつつあった。

「先生。授業終わりましたよ」

終業のベルが鳴り、レオは教卓で居眠りしているミレーヌを揺すって起こした。

「おっ。終わったか。ご苦労さん」

毎度のように授業をやらされるので、レオは生徒というよりもミレーヌの助手になった気分だった。

「もういい加減にしてくださいよ。俺は教師じゃないんですよ」

「教師よりできる奴が生徒なもんか」

ミレーヌは自分より生徒に力があるからといって、それを妬《ねた》んだりやっかんだりすることはなかった。

むしろ素直《すなお》にそれを認めて、レオを教師役にする柔軟《じゅうなん》さ（？）を持ち合わせている。

「俺は給料もらってないですよ！　クラスの授業も選択授業もこんな調子なら、トルドゥス学院長に言って先生の給料を俺に払ってもらうように抗議します」

「そしたら、レオが私を養《やしな》ってくれ」

「なんで俺が先生を養わなきゃいけないんですか」

「仕事を奪っておいて女をほっぽり出すのか～？　薄情者～。それに、私がお前に教えられるのはアーティファクトの作り方じゃなくて、人への接し方だ」

ミレーヌの教え方はいつもいい加減だが、常に結果は出していた。

事実、レオやベルナーといった怪物生徒の力があったとはいえ、一年のR３クラスは二年の最上位クラスを圧倒しているのだ。

レオ達のR3クラスが大金星を上げたのは、ミレーヌの作戦と、実戦を見越した授業内容あってこそだった。

意外にもレオが尊敬の念を最初に抱くことができたのは、破茶目茶《はちゃめちゃ》な教え方しかしない担任の教師だった。

◆◆◆

レオの周囲だけでなく、一年最上位のA1クラスに所属するマリーを取り巻く環境も、入学当初と比べると大きく変化している。

入学式でルドルフの娘であると宣言し、身分制度を否定するような発言をしたため、貴族中心のAクラスにおいて、マリーはその後しばらく微妙な立場に立たされた。

しかし、生徒会副会長の就任や、平民中心のR3クラスの活躍を切っ掛けに、再び彼女の傍にクラスメイトが寄ってくるようになった。

それとは逆に、マリーに一番冷たく当たっていたグループ、特にその中心人物のクラリスは、今では皆から避けられている。

だが、マリーはそれを喜んではない。

クラリスは、入学当初マリーと最も仲が良い友人だったのだ。

それにマリーにしてみれば、周りの空気を読んで近づいたり離れたりする同級生達よりも、クラリスの一本筋が通った態度に好感が持てた。

マリー自身、そういう性格だった。

クラリスの生家であるリーシュ侯爵《こうしゃく》家は、聖女神騎士団《せいめがみきしだん》を組織しているバッカド教国の武門で、以前マリーが母と住んでいたベルン王国を亜人の侵攻から救ったこともある。

聖女神騎士団にとってこのような遠征は、人類救済の栄誉《えいよ》こそあれ、金銭的には一文の得にもならない。侵攻された国からの報酬《ほうしゅう》も多くは受け取れず、むしろ戦費で大赤字を被《こうむ》るのが常だった。

つまり彼女とその家はコテコテの貴族主義ではあるが、それ故に最も貴族として果たすべき責務を負っているのだ。


教室に入ったマリーは皆に明るく挨拶する。

そしてもちろん、クラリスにも変わらぬ態度で声をかけた。

孤立するクラリスに対して嫌味にならないよう、あくまで自然な流れで接するように心がけている。

「おはよう。クラリスさん」

「……」

だがクラリスは、いつもこれを無視していた。

髪を縦ロールにした、いかにもお嬢様然とした少女は、マリーを一瞥《いちべつ》したきり、すぐに顔を背《そむ》けてしまう。

クラリスさえ応えれば、孤立はすぐに解消されるだろう。だが彼女はマリーが差し伸べる手をことごとく拒絶した。

Ａ１クラスの教室は一瞬沈黙した後、再び喧騒《けんそう》に包まれた。

「ねえマリーさん、宿題で分からないところがあるんだけど」

「放課後、ちょっと付き合ってくれない？」

すぐに女子生徒に話しかけられ、マリーは後ろ髪を引かれながらも、彼女達の輪に加わる。

マリーの周りにはすぐに人だかりができた。直接話さないまでも、遠くから熱の篭もった視線を向ける男子も多い。

クラリスは一人、自分の席で授業の開始を待つ。しかしその姿は堂々としており、以前マリーが孤立していた時の様子に、どこか似ていた。

「はぁ……クラリスさんと仲良くなりたいわ」

放課後、寮に戻ったマリーは黒猫のルナの背中を撫でながらため息を吐いた。

ルナは気まぐれにレオとマリーのもとを行き来して、時折こうして話し相手になっている。

「にゃっ？　(急にどうしたの？)」

貴族寮は完全個室なので、マリーが猫と会話していても変に思う者はいない。

「どうしてもクラリスさんと仲良くなりたいの」

マリーは自分の社交性には自信を持っていたが、彼女がどんなに手を尽してもクラリスは応じない。そのもどかしさが、マリーを一層燃え上がらせた。

「にゃ？　まりにゃにゃ？　(どーして？　マリーちゃんにずっと嫌がらせしてた子じゃん？)」

「逃げられると追いたくなる！　私、クラリスさんのことが好きなのかも！」

「にゃっ⁉　(百合《ゆり》⁉)」

「あははは。そういうのじゃないと思うけど、似たような感情かもね」

「にゃ～　(怖いな～)」

「でも取り付く島もないのよね。ホント、プライドが高いっていうか……」

マリーは頬を膨らませる。

「にゃにゃ～。くらにゃにゃにゃにゃにゃ　(好きか～。クラリスが嫌っている奴なら知ってるんだけどね～)」

「えええええ⁉　それって誰？　私？　だったら悲しい！」

「まりにゃ～にゃ！　(マリーちゃんじゃないよ！)」

のんびり毛繕いをしながら、ルナは首を横に振った。

クラリスはマリーに挨拶される度に少し嬉しそうな反応をしている事に、ルナは動物的な直感で気がついていた。

入学当初は仲が良かったのだし、マリーの事を心底嫌っているわけではない。

結局、クラリスは素直になれないだけなのだ。

貴族の名門としての誇りが、それを許さない。

「で、誰なの？」

「れおにゃ（レオだよ）」

「レ、レオ？　あの愚弟《ぐてい》……クラリスさんに何か失礼なことをしたの⁉」

「にゃにゃ。れおにゃ、にゃにゃぱとにゃにゃにゃーにゃ（違うよ。レオは庶民のくせに、貴族で副会長のパトリックを倒したからだと思う）」

「あ～、そういうことか。学院の貴族重視が実力主義の風潮《ふうちょう》に変わったのって、あの模擬戦が切っ掛けだもんね」

「にゃ～……（それと……）」

「それと？」

「まりれおにゃにゃにゃにゃにゃ（マリーちゃんとレオの関係が噂になっているのも、面白くないのかもね）」

このところレオに憧れの視線を向ける生徒は激増しているが、彼のことを憎しみの目で見る生徒も多少はいる。

そういう者の大半は、レオが女子生徒にちやほやされるのが気に入らない男子だったが、女子の中では唯一、クラリスだけがレオにあからさまな敵意を向けていた。

ルナはいつもレオのそばにいるので、それがよく分かるのだ。

しかし、当のレオはまるで気にしていなかった。

レオは日頃から人の悪意や敵意といったものよりも、もっと直接的な――つまり身体的、物理的な危険にしか気を配っていないのだ。

人からの恨みも、時には恐ろしいものだというのに。

「は～、どうせレオは全然気がついていないんでしょうね。そういうところ、ホントお父さんにそっくりなんだから」

「にゃ？（え？）」

「だってそうじゃない？　お父さんはいつも魔法の研究ばかりで周りを見ていなくて、結局政治的に追いやられたのよ。しまいにはお母さんのことで犯罪者にされるし」

「にゃ、にゃ。にゃにゃ（あ、本当だ。そっくりだね）」

「私達がちゃんとフォローして助けないと」

2

オルレアン高等魔導学院の教師の間では、一年生の実戦最強はレオ達のR3クラスということで意見が一致していた。模擬戦で二年の最上位クラスを破った実績ももちろんだが、担任のミレーヌが実戦ばかり教えているのだから、ある意味当然の結果だった。

もっとも、そのミレーヌは「実戦」、「実習」と称して生徒達に自習させ、自分は学院の外で飲んだくれている事が多いのだが。

一時限目の予鈴《よれい》が鳴り、教員室は各々《おのおの》が受け持つクラスに向かう教師達で慌《あわ》ただしくなった。

ミレーヌも、さも授業に向かうかのように席を立つが、実際は早朝から営業している冒険者ギルドの酒場で一杯ひっかけるつもりである。

「ミレーヌ先生」

そんなミレーヌを呼び止める声があった。

マリー達の一年A1クラスの担任、アイリーンだ。彼女は帝国に併合《へいごう》されたローレアという国の元王女で、反乱軍を率いていたこともあるが、今は正体を隠して学院の教師を務めている。

——ちなみに、彼女の本当の名前はソフィアである。

「は、はい？」

授業をサボるのを咎《とが》められるかと思ったミレーヌは、若干の動揺《どうよう》をにじませる。

「今度A1クラスとR3クラスの合同授業がありますよね」

「あ……ああ、そうですね」

ミレーヌはすっかり忘れていたが、とりあえず返事をして取り繕う。

おそらく、トルドゥス学院長の考えの一環だろうと直感し、その前提で話を進めることにした。

「できれば実戦形式がいいと思いませんか？」

アイリーンの提案で、ミレーヌにもようやく話の流れが読めてきた。

「またクラス対抗の模擬戦でもするんですか？」

「いえ、そうではなくて。R3クラスは授業の一環として、モンスター相手に実戦をしていると伺いましたが」

「あ〜、そういうことですか」

「実戦経験が多いミレーヌ先生のクラスの生徒と、ウチの生徒でペアを組ませてみてはいかがでしょう？」

学院を実力主義に変えていきたいという、トルドゥスの意図にも添《そ》う提案である。

「いいんじゃないですかね」

「よかった！　では、そのように」

アイリーンはにこりと微笑んで、お辞儀した。

対するミレーヌはいつもどおりやる気がない。

「あ〜でも、ウチはレオやベルナーに任せっきりだから——」

モンスターと実戦する授業での安全面について語ろうとしたが、アイリーンはすでに教室に向かっていた。

「まあ、仕方ねーか」

◆◆◆

そんなわけで、アイリーンが提案した合同の授業が開催されることになった。

校庭に集合しているのは、一年生のＡ１クラスとＲ３クラスである。

生徒達には予《あらかじ》め、遠征を伴《ともな》う五日間の課外授業だと伝えられていた。

というのも、オルレアン近郊は比較的安全な土地なので、それほど強いモンスターは出没しない。

以前レオはグレートワスプという強力な蜂《はち》のモンスターを倒したが、こういったものが発生するケースは珍しく、出現したとしても、冒険者ギルドの討伐《とうばつ》クエストの対象としてすぐに狩られてしまうことが多いのだ。

生徒達の実力にあったモンスターがそれなりの数出没する場所となると、遠出しなければならなかった。

初めての遠征で気持ちが昂《たか》ぶっているのか、どちらのクラスの生徒も落ち着きがない。

いくつかの馬車に分乗するR３クラスの生徒達の姿を見て、レオは遠い前世の記憶にある、修学旅行を思い出していた。

「差別だな」

ベルナーが馬車の中で不満を口にした。

なんとA１クラスの生徒には、一人一台専用の馬車が用意されていた。しかも、ご丁寧に護衛付きである。

R３クラスは乗り合いの馬車だ。遠征の荷物を詰め込めば、客室はギュウギュウである。

「まあ、払っている学費が僕らとは違うからね。学費っていうか、寄付か。それに高貴な身分の子弟だから、護衛を疎かにできないでしょ」

大商人の息子のバーニーが的確な理由を述べてベルナーをなだめた。

「それにしても一人一台はやりすぎだろう。ところで、さっきからレオはずいぶん静かだな。どうしたんだ？」

「……」

レオはずっと馬車の外を眺《なが》めていて、ベルナーが話しかけても返事をしない。

ベルナーとバーニーは顔を見合わせる。

「なんだこいつ？」

「さあ？」

そんな二人をよそに、レオは急にため息をついた。

「はぁ～……マリー」

今彼らが向かっている一日目の宿泊地は、モンスターの活動が活発なアラド山の麓《ふもと》にある街だ。

レオは幼少時代に訪れたブラン山の景色に重ねて、マリーと一緒に住んでいた日々を思い出していた。

「ぶはは……マリ～だってよ！　重症だな、これは！」

レオのため息を聞いたベルナーとバーニーは、二人して笑い転げた。

学内ではレオとマリーが兄妹だと知っている者は少ないため、二人の仲は噂になっている。

一年の総代が、当時まったくの無名だった落ちこぼれ生徒のレオを生徒会役員に使命したのだ。何かあるのではないかと噂になるのは必然である。

もちろん、レオの実力が知れ渡った今となっては、マリーはレオの実力を早くから見抜いていたのだと考える者は多かったが。


早朝に出発してから一日かけて、馬車はアラド山の麓に到着した。

「なんだって〜!?　マリー達は官舎？」

宿の部屋に着いたレオは、同室のバーニーに怒りをぶつけていた。

民間の宿に泊まるのはR３クラスだけだったのだ。

「そりゃ当然でしょ。アラド山は例年課外授業で使われているからね」

バーニーが事情通ぶりを発揮する。

「どうして例年使われてると別々になるんだよ？」

「そりゃあ、Ａ１クラスは貴族の子弟や王族までいるんだから。毎年来るなら、それなりに受け入れ態勢を整えておくんじゃないかな」

「納得いかねー」

レオはバーニーの襟首《えりくび》を掴んでガクガクと揺さぶる。

とんだとばっちりである。

「にゃにゃ。ばにゃにゃにゃにゃ（ちょっちょっと。バーニーの顔が青くなってるよ）」

首が絞まったバーニーが白目をむいているので、黒猫姿のルナが慌てて止めに入った。

「あ、やべえ……」

「にゃ、にゃにゃ！　にゃ〜にゃ！　（もう、シスコン！　いい加減にしなよ！）」

「悪い悪い。バーニー」

むせるバーニーの背をさすりながら、謝罪するレオ。

「ぶっはごっほ。だ、大丈夫……しかし、なんだかルナちゃんが止めてくれたみたいだ」

バーニーはルナをただの黒猫だと思っているので、レオと的確なコミュニケーションを取っている様《さま》が不思議でならないようだ。

「そういえば、合同のオリエンテーションがあるらしいよ」

「オリエンテーション？」

「夕食後、官舎のホールに向こうのクラスと一緒に集まるらしい。まあ、そこでマリーさんにも会えるよ」

宿の食堂で夕食を済ませたレオ達のクラスには、そのまま官舎のホールに移動しろという指示が出た。

官舎のホールには飲み物とちょっとしたオードブルが用意されていたが、まだA1クラスの生徒の姿はない。

「来いよレオ！　このチーズとハム、最高に美味《うま》いぞ。A1の奴らって、いつもこんなの食ってるのか？」

ベルナーはさっそく料理に駆け寄って物色しはじめる。

「おいベルナー、みっともないからあんまりがっつくなよ。さっき飯食ったばっかじゃねーか。お前って本当に帝国の皇子なのか？」

ベルナーにそう言いつつ、レオもハムをつまむ。

「お、確かに美味いな、これ」

バーニーが呆れ顔で二人をたしなめる。

「おいおい、こういうのって式次第の挨拶が終わってから食べるものなんじゃないの？　A1の奴らが来たら笑われるぜ」

そうこうしている間に、A1の生徒がホールにやってきた。

「ほっ、ほら見ろ、言わんこっちゃない」

バーニーの忠告を受けて、慌ててハムを呑み込むレオだったが……

「あ〜、レオくんだ！」

「え？」

あっという間にA１の女子生徒に囲まれてしまった。

「ねえねえ。マリーさんとはどういう関係なの？」

「マリーさんがレオくんのことを呟いてたよ」

「い、いや。それは……」

「その黒猫、可愛いよねえ」

バーニーとベルナーはポカンとしてその様子を見守る。

「レオばっかり、不公平だよね」

「ああ、まったくだぜ。くそっ、こうなったら会場のもの全部食ってやる」

それは恥ずかしいからやめろよ、とバーニーが止めようとしたところで、二、三人のA１の女生徒がベルナーに話しかけてきた。

「ベルナーくんって、帝国の皇子なんでしょ？」

「ん？　まあ、一応な！」

ベルナーはその口を食べるためではなく、喋《しゃべ》るために動かすことになった。

エマやジャクリーヌやアンナといった、R3クラスの女子は、レオの周りに集まる女生徒を追い払おうと躍起《やっき》になっていたが、彼女達のもとにもA1の男子が集まってきた。

「君達可愛《かわい》いね。選択授業は何取ってるの？」

「え？　いや別に私は」

「ちょっと、どいてください」

「死霊術……」

その様子を見て、R3クラスの男子生徒も、負けじとA1クラスの女子に突撃を開始する。

まだオリエンテーションは始まっていないというのに、会場はずいぶん賑《にぎ》やかになっていた。

「やれやれ、みんなお盛《さか》んだなあ」

一人取り残されたバーニーは苦笑とともに肩を竦める。

そんな中、両クラスの担任も会場に入ってきた。

「あらら。もうはじまっているみたいですね。皆結構仲良くしているようですし、上手くいきそうで安心しました」

アイリーンは会場の盛り上がりを見て安堵の笑みを浮かべる。

「まあ、前に冒険者ギルドの酒場で合同宴会をしたしな」

ミレーヌはすでにワイングラスを手にしており、準備万端の様子だ。

宴もたけなわの頃、アイリーンが手を叩いた。

「はーい。皆さん、話を聞いてください」

レオ達も会話を中断し、アイリーンに注目する。

「明日からはアラド山とその中腹にある遺跡でモンスターを狩ります。そのために別々のクラスの人同士で、二人組を作ってください。これは急ごしらえのペアで実戦をする訓練ですよ」

実習内容を聞いて、ホールがざわついた。

「先生、男女ペアでもいいんですか？」

さっそくR3の男子が質問する。

「結構ですよ。むしろ推奨《すいしょう》します」

アイリーンの答えに、一部の生徒達が小さくガッツポーズをする。

しかし、隣にいるミレーヌはやさぐれた様子でブツブツ呟いていた。

「アイリーン先生のような人気者は、そのシステムがどれだけ残酷か分かっちゃいない……ひっく……私みたいな売れ残りにはなぁ……ひっく……」

ミレーヌと同じく、レオも嫌な予感を覚えていた。

漠然とした前世の学校行事の記憶がよみがえる。

――大丈夫、落ち着け。ハブられるわけないじゃないか。さっきまでA1の女生徒に囲まれていたんだぞ。

ところが……

気がつくとレオの周りには誰もいなかった。

先程までレオと話していた生徒は、どういうわけか次々と他のR3クラスの男子達とペアを作っていく。

レオが焦《あせ》って辺りを見回すと、バーニーと目が合った。

彼も一人、売れ残りのようだ。

「よう、ご同類。僕と組むかい？」

バーニーがニヤリと笑う。

「くっそー、お前には負けたくない！」

早くパートナーを探そうと血眼《ちまなこ》になって会場を見回していたところ、レオは後ろから肩をトントンと叩かれた。

「レオ」

振り向くと、マリーが微笑んでいた。

「マ、マリー。そ、そうか。おかしいと思ったんだ。お前は俺とペアを組むだろうと、皆遠慮して……」

だが、そんなレオの希望は虚《むな》しく打ち砕かれた。

「先生！　ここにいるレオくんがひとりぼっちです！」

「え？　お前、俺と組むんじゃないのか？」

レオは慈悲にすがるような視線をマリーに向ける。

「私はレオくんのお友達の……えっとバーニーくん？　と組むわよ？」

「え？　ぼっ僕ですか？」

意外な展開に、バーニーの顔が輝く。

他方、愕然《がくぜん》としているレオに、アイリーンが声をかけた。

「あら。レオくん余ってるの？　意外ですね」

「アイリーン先生それは……ちょっと……」

すっかり出来上がった様子のミレーヌだが、レオの気持ちを察して小声で止める。

「ああ、失礼。えーと……あっ、クラリスさんもお相手がいないようね。じゃあ、レオくんはクラリスさんと組んで……」

「えええ？」

レオは内心で〝あのクラリスか〟と思った。

マリーがクラスで孤立した時に皆を煽動《せんどう》していたのがこの少女だと、ルナから聞いていたからだ。

クラリスは横目でジロジロとレオを見ていた。

「明日は実戦ですから、今日のうちに少しでも仲良くなっておいてくださいね！」

アイリーンは無邪気に語るが、レオにはまるで仲良くなれる気がしなかった。

◆◆◆

翌朝、二つのクラスは護衛の兵士とともにアラド山の中腹を目指した。

ペアを組んだ者と一緒に移動するという決まりだったので、レオはクラリスと並んで歩いていた。

近くにはいるものの、お互いに終始無言。

気まずい空気が流れる。

クラリスはレオのことを気にして、時折チラチラと窺《うかが》い見ているようだった。

レオがその様子に気づいた頃、クラリスが口を開いた。

「肩に乗せている猫……」

どうやら彼女はレオの顔を見ていたわけではなく、ルナのことが気になっていたらしい。

しかし、クラリスはそこで言葉を切ってしまったので、猫がどうしたのかレオには返事のしようがなかった。

コミュ障の自分にはハードルが高い会話だと思いながらも、授業に差し障《さわ》るといけないので、レオは短く切り返した。

「猫が、なんだよ？」

「可愛いな……と思って。その子、あなたの猫なの？　それともマリーさんの？」

レオは少し考えてから答える。

「俺の……猫だよ」

最近ルナは反抗期で、下手なことを言うと機嫌を損ねてしまうことが多い。

「にゃっ!?　にゃれおにゃ（にゃっ!?　私はレオのものじゃないもん！）」

案の定、ルナはそっぽを向いてしまうが、そんな人間くさい仕草を見て、クラリスは少しだけ笑った。

「もしかして、猫と会話しているの？　猫の姿をした魔法生物なのかしら？　それとも魔法で使役している？」

学院の教師や生徒の中には、動物や自作の魔法生物を使役している者もいるので、クラリスはルナがそういう類《たぐい》のものだと思ったのだ。

「いやルナは……普通の猫さ」

もちろん、魂を入れ替える秘術を施《ほどこ》してあるので、ただの猫ではないのだが、あえてそれを説明する必要はない。

「ふーん。でも、ずいぶん賢いみたいよ」

「そうでもないさ」

レオの頬に猫パンチが飛んできた。

「あははは。ルナちゃん、こっちにおいで」

クラリスは手を差し伸べた。

ルナは少し考えた後、レオの肩から駆け下りて、クラリスの胸元に飛び移った。

「この子、本当に魔法で使役してるわけじゃないの？　まるで人の言葉が分かるみたい」

クラリスは腕の中に収まった黒猫を不思議そうに眺める。

「言っただろ？　ただの猫だよ」

「そう。私も猫を飼いたかったのだけど……」

クラリスは猫が好きなようだが、その口ぶりからすると家の事情か何かで飼えなかったらしい。

貴族社会の情勢に疎いレオは、彼女の生家がどんな家なのかは知らない。

エリートばかりが集まるＡ１クラスの生徒であるということと、その上品な物腰から、漠然と貴族の名家なのだろうとだけ想像していた。

それっきりクラリスは口を閉ざしてしまったので、二人とも黙って歩き続けた。

アラド山は切り立った岩山で、一行が進む道のりはなかなか険《けわ》しい。

登山道らしきものは通っているものの、硬く凹凸《おうとつ》のある地面は容赦なく生徒達の体力を奪う。

毎日のように走り込みをしているR３クラスは、先頭を行くアイリーン、ミレーヌのペースについていけているが、座学が多いA１クラスの者は息を切らしはじめていた。

「頑張れ……頑張れ……」

「うう。ありがとう」

R３クラスにおいては体力的に劣るネクロマンサーのアンナが、どこかの侯爵家の子息を励《はげ》ましながら背中を押していた。

幸い、モンスターとの遭遇は散発的で、余力のあるR３の生徒達が中心になって、その都度撃退している。

護衛の兵も同伴しているので万が一の事態などあるまいが、体力を消耗《しょうもう》した状態で魔物と戦うのはR３の生徒達にとってもしんどいものがある。

ある意味、ミレーヌらしい荒行《あらぎょう》だ。

「おら、どうした、貴族の根性なしども！　もうヘタってるのか!?　だから魔法を覚える前にしっかり体力つけろって言ってんだろ！」

ミレーヌがSっ気を存分に発揮して激励するが、A1クラスで彼女の教えを直接受けられるのは、選択授業でアーティファクト作りを選択している少数の者だけだ。体力不足はある意味仕方がないことである。

ちなみに、ミレーヌは教師としての特権を駆使して、レオ謹製《きんせい》のアーティファクト、〝天馬《てんま》の革《かわ》靴《ぐつ》〟を受け取っている。これさえ履いていれば空を飛ぶように歩けるという代物で、悪路も楽々走破可能だ。

レオは自分の分も用意していたのだが、ミレーヌが許可しなかったので、普通の靴を履いている。

自分は楽をしているくせに、適当な教師だなあとレオは呆れていた。

それにしても、クラリスはここまでまったく息を切らしていない。

標高が高いアラド山は少し空気が薄いので、多少体力があっても辛いはずなのだが。

意外に根性がある奴だと、レオは内心で感心していた。


「よーし今日はここまで。ここでキャンプするぞ」

陽が落ちて暗くなった頃、ミレーヌが号令をかけた。

A1クラスの生徒の大半が、無言で座り込む。

「何やってんだコラ～、テントを張れ～！　言うまでもないが、野営地は男女別々だからなあ～。兵士の皆さんは交代で護衛をお願いします」

野営地に近づいたあたりから、時折マウンテンワームというモンスターが姿を見せるようになった。岩陰に潜む巨大な肉食性のミミズで、人間を丸呑みにできるほど大きい。

先頭のアイリーンが苦もなく倒したが、気色悪い外見のため、女子生徒達は悲鳴を上げながら必死になって逃げていた。

そんなこんなで、Ａ１クラスの生徒は疲れ果てて立ち上がる気力もない様子である。

仕方なく、Ｒ３の生徒が中心になって、Ａ１の生徒の設営を手伝っていた。

彼らが宿泊するテントは、かつてレオとルドルフが開発した、空気で膨らむ〝エア遊具〟のアーティファクトだ。市販されているものを手に入れるとなると決して安くはないはずだが、学院は金があるのだろう。

風の魔石の力で自動的に膨らんで、あっという間に設置が完了するうえに、防寒暴風対策もしっかりしていて、中は快適そのものだ。

それでもレオは不便を感じていた。ルナとの二人旅の時は、自作の便利なアーティファクトをふんだんに使っていたからだ。

レオが優れたアルケミストである事は皆の知るところだが、高価なアーティファクトをこれ見よがしに使いまくるのは、さすがの彼も気が引けた。

それに、目立ったことをするとミレーヌに取り上げられてしまうだろう。

生徒達の昼食は持参した弁当だったが、夕食は自分達で作らないといけない。

ここでも、普段から課外授業で鍛えられているR３の生徒は手慣れたものだった。課外授業はおろか、生まれてこのかた料理などした事のないA１クラスの貴族子弟達の大半は、何をしていいか分からずにもたつくばかりである。

「ちょっと～、包丁の持ち方違う！　そんなんじゃ指切っちゃうよ？　もう見ちゃいられない、貸して」

レオの周りに集まる女子連中を面白く思っていないエマだが、持ち前の面倒見の良さから、手つきがおぼつかない貴族子女の世話を焼いている。

マリーは王宮暮らしが長かったものの、レオと暮らしていた幼少期は山奥で野性的な生活を送っていたので、野外での料理もまったく問題なさそうだ。

自分の相方の様子が気になっていたレオが、それとなく観察したところ、意外にもクラリスは手際よく料理の下ごしらえをこなしていた。

◆◆◆

翌朝から、ついに二人一組での本格的な実戦がはじまった。

マウンテンワームの群棲地帯に行って個体数を減らすというのが課外授業の目的だったのだが、これにはR３クラスを含む女性陣から不満が噴出した。

マウンテンワームは気色悪いから別のモンスターがいい、と言うのだ。

「お前ら甘ったれるんじゃねぇ！　気持ち悪いだのなんだの言ってるうちに襲ってくるんだよ！　ミミズに食い殺されたいのか？」

緊張感に欠ける生徒達の反応に、ミレーヌの怒声が飛ぶ。

「実戦では、どんな相手が来ても動じない精神的なタフさが必要なんだ。そのための訓練でもある。分かったらさっさと準備しろ〜！」

ミレーヌの言葉で、全員の表情が真剣なものに変わった。

一見もっともらしいことを言っているが、彼女の場合さっさと生徒達を追っ払って酒盛りを始めたいと思っているだけかもしれないので、真意は分からない。

「皆さん、怪我のないように十分注意してくださいね。手に負えないと思ったら、無理をせず先生や護衛さんを呼んでくれて構いません。さあ、装備を整えたペアから出発してください！」

アイリーンに促されて、宿営地から生徒達が続々と出発していく。

多くの組は、それぞれの能力の特性を話し合いながら試行錯誤しているようだった。

そんな中で、のっけから見事な連携を見せている組もある。

特にベルナーとA1のピアという女学生のコンビは凄まじかった。

ピアが得意とする土魔法でワームの位置を感知して、ベルナーが愛用の魔剣ティルフィングで斬りまくる。

元々土属性のワームに対して同じ属性の魔法で攻撃しても効果が薄いため、ピアが攻撃を捨ててサポートに専念すると判断したことで実現した連携だ。

もっとも、ベルナー単体での戦闘力が圧倒的だということは差し引かなければならないが。

そんな中、レオとクラリスは学友が戦う様子を最後尾で見ているだけだった。

道中なんの相談もしていない。

「おい、お前らサボってるのか？」

ミレーヌがレオとクラリスに声をかける。

「いいえ、先生。マウンテンワームでは訓練にもならないので」

奇《く》しくも、クラリスの答えはレオが言おうとしていたことと同じであった。

マウンテンワームは決して弱くはない。全身が筋肉の塊《かたまり》で頑丈だし、動きも意外に俊敏《しゅんびん》だ。人を頭から一呑みにする攻撃力も侮《あなど》れない。

いくら魔法が巧《たく》みでも、一方的に倒せるほど楽な相手ではないはずだ。

しかし、それを相手にならないと言ってのけるとは、クラリスの自信は大したものだ。

「へ～、レオはいい奴とパートナー組んでるんだな。確かに、レオもマウンテンワーム程度じゃつまらないだろう。ちょうどいいや」

ミレーヌが不敵に口元を歪《ゆが》める。

「二人とも、ついてこい」

「え？」

ミレーヌはレオとクラリスを伴って、訓練場所を抜け出した。

3

アラド山の中腹には神殿の遺跡がある。

地上に出ている構造物はそれほど大きくなく、大半が倒壊しているが、地下には広大な洞窟《どうくつ》が存在しているという。

ミレーヌは二人をそこへ案内した。

地下へと続く入り口からは、カビ臭い空気が漂《ただよ》っており、まるで邪悪な瘴気《しょうき》が漏れ出しているかのようだった。

「お前達二人でこのダンジョン攻略をしてくれないか？　どうも〝ダンジョンマスター〟が誕生してしまったらしいんだ」

ダンジョンマスターとは、ダンジョンの力の源《みなもと》——それがなんであるかは場所によってまちまちだが——を利用して、そのダンジョンの主《ぬし》になってしまった人間やモンスターのことである。

討伐すべきダンジョンマスターは、ダンジョンの力を利用してダンジョン内にモンスターやトラップを生産する、マッドサイエンティスト的な性質を持つ場合が多い。

放置しておけばそのダンジョンの危険度は飛躍的《ひやくてき》に上昇し、人を寄せつけない魔窟《まくつ》と化す。

歴史上、ダンジョンマスターが大きな力を付けた例は幾度《いくど》となくあり、溢《あふ》れ出たモンスターが国家を脅《おびや》かした事件も枚挙《まいきょ》に暇《いとま》がない。

ある研究者は、ダンジョンマスターは魔王の成長過程ではないか、という説を唱えているほどだ。

「ダンジョンマスターを学生が二人で？　こういうのは物量作戦が基本でしょう？」

クラリスが驚きの声を上げる。

ダンジョンマスターの討伐には、軍隊が動くことが多い。

その攻略法は、単純に言えば物量作戦だ。まず優秀な戦士を投入してモンスターを片付け、ベースキャンプを設ける。そこから近い距離に次々と前進キャンプを設営して、点から線へ、線から面で安全地帯を確保していく。

後続兵士がキャンプ間を行き来して、必要な物資を運び込む。徐々にダンジョンの安全地帯を増やしてダンジョンマスターを追い詰めていく。

最終的に、王族の支援を受けた優秀な戦士がダンジョンマスターを倒す。

これが最も安全で確実なダンジョンマスター討伐方法だ。

「しかしなあ、物量作戦でも人的な被害はゼロにはならない。むしろ投入する人数が多い分、かなりの死傷者が出る。何より大きな軍費がかかる。お前ら二人なら金はかからんが……いくらレオでも、さすがに無理か？」

もちろん、超文明を誇る古代マドニアの遺跡でガーディアンゴーレムを倒したこともあるレオにとっては優しい相手だ。所詮《しょせん》、アラド山の遺跡は今につながる文明の遺産である。

レオに限って言えば、難易度的な問題はない。

一方で、有名になったダンジョンマスターの首には、冒険者ギルドで最高クラスの賞金がつく。

トップ級の冒険者ならともかく、少人数の学生がおいそれと倒したら、あまりにも不自然である。

レオはすぐに断ろうとした。

ところが……

「私は行くわ」

何を血迷ったのか、クラリスはダンジョンに入るという。

「は、はぁ？　この瘴気が分からないか？　生まれたてかもしれないけど、間違いなく相手はダンジョンマスターだぞ？　やめとけ」

「じゃあ、あなたは帰っていいわ。というか、むしろ帰りなさい。危険よ」

「な、なんだって!?」

この女は模擬戦で俺の魔力を見なかったのかと、レオは訝しんだ。

魔力の量イコール強さ、というわけではないが、継続戦闘能力の目安であるのは間違いない。

クラリスは学生としては魔力が大きそうだったが、軍隊規模のダンジョンを一人で攻略できるほどとは思えない。

「あのな、ダンジョンマスターがいるダンジョンっていうのは魔物の巣なんだ。継続戦闘能力が問われるぞ。それに……」

――ダンジョンマスターは俺の親父とどっこいどっこいの変態なんだから、女のお前なんかヤバイ人体実験に使われるかもしれないんだぞ――という言葉は口に出せずに呑み込んだ。

「と、ともかく、こういうのは軍に任せるんだ」

しかし、クラリスはレオの説得には耳を貸そうとしなかった。

「ここはまだバッカド教国内よ。ダンジョンマスターの討伐に出る軍って、どこの軍よ？」

「そりゃ……聖女神騎士団じゃないか？」

名目上は戦力を保有していないということになっているバッカド教国で、軍隊に準ずる戦力といえば、首都オルレアンに駐留している聖女神騎士団である。

各国の信者や貴族の支援で成り立つこの騎士団は、紛争解決や魔物、亜人討伐など、ナリア教の教徒を守るための国連軍的な役割を担《にな》っている。しかし、度重なる出兵や討伐任務の負担は重く、その資金繰りは厳しいという。

普通ならすでに騎士団がダンジョンマスター討伐に動いていてもおかしくはないはずだが、戦費が調達できず、出兵の目処《めど》が立っていないのかもしれない。

「なら、行くしかないわね」

「どうしてそうなるんだ？」

聞き分けのないクラリスに、レオは思わず頭を抱えた。

「私も聖女神騎士団の……騎士よ」

「何言ってるんだ？　学生が騎士なわけないだろ？」

卒業してからの就職先として聖女神騎士団という選択肢はあるが、学生のうちから騎士をしているなど聞いたことがない。

もし本当にクラリスが聖女神騎士団の団員だったとしても、一人でダンジョンマスターを討《う》とうなど、無謀《むぼう》以外のなにものでもない。

だがレオの制止も聞かず、クラリスはスタスタと遺跡の中に消えていった。

「お、おい！　待てって！　くそっ！」

クラリス一人では確実に死ぬ。

レオは追わざるを得ない。

肩のルナも追えと訴えていた。

「レオ！」

慌てて追いかけようとしたレオに、ミレーヌがリュックサックを投げてよこした。

「一日、二日は保《も》つ物資が入ってる」

ミレーヌは二人を案内する時に、こんなものは持っていなかった。こうなると分かっていて、昨晩のうちにこの場所にリュックサックを用意していたのだろう。

「俺はやる気ないって、知ってるでしょう？」

レオが抗議を込めて吐き捨てるように言った。

「学生がそんなことではよくないぞ」

「先生こそ、生徒をこんな危ない場所に連れてきて、人のこと言えるんですか？」

「ははは。まあ私もやる気があるとはいえない教師だが、お前がクラリスを見捨てないことくらいは分かる」

レオはその言葉を背に受けて遺跡の中に走り出す。

いつの間にか、陽は傾きかけていた。

◆◆◆

遺跡に入ると、内部はトーカという魔法で明るく照らされていた。

「クラリスは火属性の魔法を使えるみたいだな」

レオは遠くに見える彼女の姿を追っていく。

通路には何体かのモンスターの両断死体が転がっていた。すべてクラリスの仕業《しわざ》だろう。

グレイスライム、ジャイアントバット、キングマウス。

どれもダンジョンによくいるモンスターではあるが、学生ながら短時間のうちにこれだけのモンスターを屠っていることからも、彼女の実力の高さが窺える。

「切断面を見るに、風属性魔法のウィンドカッターか？」

しかし、通常の魔法とはどこか違うようでもある。

レオは魔物の死体の検分を切り上げて、再び駆けだした。

灯《あか》りがついている方を目指せば良いので、迷う心配はなかった。

やがて、走っていたレオは、大声を出さなくても声が届く距離までクラリスに近づいた。

「おい！　待てよ」

クラリスが足を止めて振り返る。

「帰ってって言ったじゃない」

「帰れるか！　一人でダンジョンマスター討伐なんて、死んじまうぞ！」

そもそも魔法使いには弱点がある。

どれほど強力な魔法を使えようとも、魔力が尽きれば一切魔法は放てなくなってしまう。

しかし、ダンジョンマスターに辿《たど》り着くためには、何十体ものモンスターの相手をしなければならない。

大人数での攻略なら交代で休憩して回復もできようが、少人数の場合は足を止めている間に寄ってくるモンスターによってジリ貧《ひん》に陥《おちい》る。

「兄とやったことあるわ。大丈夫よ……」

レオの剣幕に押されて、クラリスがボソボソと呟いた。

「なんだって？」

二人でダンジョンマスターを討伐したというのか――にわかには信じがたい話であるが、レオにはクラリスが嘘を言っているようにも見えなかった。

その時、遠くからガシャガシャという金属の武具が擦《こす》れる音が聞こえてきた。

二人とも警戒して身構える。

やがて、通路の先から十数体の人型モンスターが現れた。

「ちっ……リビングアーマーにボーンスケルトンだ。この数といい、生まれたばかりのダンジョンマスターとは言えないかもな」

クラリスが両断したモンスターは、全てダンジョンの生態系の中で棲息するモンスターだ。

しかし、リビングアーマーとボーンスケルトンは明らかに違う。

ダンジョン探索者の鎧と骨に魔力を注ぎ込んで、ダンジョンマスターが創り出したものだ。

レオはその質と数を見て、このダンジョンマスターが当初の予想ほど生まれたてではないと判断した。それなりの力を持っているはずだ。

レオはクラリスの手を引いて、入り口に連れ戻そうとする。

ところが、クラリスはレオの手を振りほどくと、腰からショートソードを一本抜いてモンスターの群れに向かって駆けだした。

「あなたは帰って」

「くそっ！」

見捨てるわけにもいかない。

クラリスはモンスターに近づき、リビングアーマーにショートソードを一閃する。

長丁場が予想される中で魔力を使わないのは賢明だ。

しかし、これらのモンスターはダンジョン生態系で自然に発生してるもの達とは違うのだ。

早い話、リビングアーマーは冒険者の鉄鎧。重量も切れ味もないただのショートソードで傷つけるのは無理……

「……へっ？」

レオは当然、ショートソードが弾き返されるものとばかり思い込んでいた。

ところが、リビングアーマーはクラリスの斬撃で一刀両断される。

よく見ると、ショートソードの周囲には魔力の気流がまとわりついていた。

「風属性の魔法を武器にまとわせている、オリジナルか」

どうやらクラリスはウィンドカッターという目標を切断する風魔法を、ショートソードにまとわせるオリジナル魔法を使っているらしい。

ウィンドカッター一回分の魔力で数体のモンスターを倒せるから、これなら魔力の節約にもなる。

ただ、いかんせん敵の数が多い。

「ファイアキャノン！」

レオは、まだクラリスに接近していないリビングアーマーとボーンスケルトンに炎のレーザーを放つ。

一瞬で十体近いモンスターが灰になった。

クラリスはその威力に驚きながらも、自分の近くにいるモンスターを両断した。

そうして戦い続けること数分、呆気《あっけ》なく戦闘は終わった。

クラリスは両断されたリビングアーマーとボーンスケルトンの死骸《しがい》に歩み寄り、火の魔法を放とうとする。

だが、それをレオが止めた。

「待て。魔力は温存しておけ」

「あなたが魔法で焼いてくれるの？」

リビングアーマーとボーンスケルトンは、炎で焼かなければいずれ復活してしまうのだ。

「いや……」

レオはミレーヌからもらったリュックサックの中身を漁《あさ》って、油と火打ち石を探した。

「あったあった」

両断されたモンスターに油をかけ、火打ち石で火をつける。これで死骸の処理は問題ないだろう。

図らずも、魔物を焼く炎が焚《た》き火の代わりになった。

遺跡の内部は少し肌寒かったので、ちょうど良い。

二人はどちらともなく座り込んだ。

「ずいぶん準備がいいわね」

「ミレーヌ先生が用意してくれてたんだ」

「ああ、なるほど……。ここに来るまで、誰もリュックなんか背負ってなかったものね。あの先生、私がこうするって分かっていたみたい」

焚き火の炎がクラリスの顔と、縦に巻いた髪を赤く照らす。

どうやらクラリスも、レオに帰れと言うのはやめたようだ。

レオの方も、クラリスを引き返させることは諦めていた。

今までの手際《てぎわ》を見ると、彼女が兄とともにダンジョンマスターを倒したことがあるという話も事実だと思える。

レオはリュックから干し肉と水を取り出した。

「食う？」

「えぇ」

まだダンジョンに入って間もないが、時刻はちょうど食事時だった。

レオは「いただきます」と呟いてから、干し肉を噛みはじめる。

「あなた……いえ、レオくんのファイアキャノン、凄かったわ……」

「そうか」

「でもあんな強力な魔法を撃ってたら、すぐに魔力が枯渇《こかつ》しちゃうわよ」

確かに、レオは魔法の威力のコントロールが不得意であり、どんな魔法もほとんど全力でぶっ放してしまう。

しかし、あの程度なら休憩なしでも数十発は放つことができる、膨大《ぼうだい》な魔力も持っていた。

「ああ、気をつけるよ」

「うん」

まだいくらかのぎこちなさはあるが、二人とも落ち着いて会話ができるようになってきた。

「けど、クラリスさん」

「クラリスでいいわよ」

「……クラリス。なんでまた」

——こんな無茶するんだ？

レオは皆まで言わなかったが、クラリスには正確に意図が伝わったようだ。

「どうもレオくんは知らないっぽいけど、私はリーシュ侯爵の娘なのよ。あの学院の生徒だったら誰でも知ってるものだと思っていたけど」

「なんだって？　リーシュ侯爵家っていうと確か……」

リーシュ侯爵家は、聖女神騎士団の団長を代々排出している武門の棟梁《とうりょう》だ。騎士団を支えている家柄と言ってもいい。

バッカド教国内でダンジョンマスターが発生した場合、討伐に動くのは、この聖女神騎士団に決まっている。

「なるほど。そういう事情か」

聖女神騎士団が物量作戦でこのダンジョンマスターを討とうとすれば、戦費もかかるし、犠牲も出てしまう。彼女は棟梁家の娘として、それを嫌ったのだろう。

「けど、やっぱり一人ってのは無謀だ」

「そうかしら。ともあれ、レオくんの実力は分かったわ。もちろん、手伝ってくれるんでしょ？」

「手伝うとは一言も言ってないけど、どうせ帰るつもりはないんだろ？」

「ないわ。ついてくるなら手伝ってもらうし、実力があるなら利用させてもらう」

ハッキリと遠慮なく自分の考えを主張する姿は、どことなくマリーに似ている――レオはそう思った。

しばらく休憩している間に、リビングアーマーとボーンスケルトンは十分に焼けた。これでもう復活することはないはずだ。

レオは、ダンジョン内で力尽きて魔物にされたこの者達が成仏できるように、合掌《がっしょう》した。

無意識のうちにやってしまう、前世の習慣の一つだ。

「それ、お祈り？　変わってるわね」

ナリア教の礼拝作法とは違うので、クラリスは不思議そうに見つめていた。

「まぁ……そんなもんだ」

「確かマリーさんも、実戦訓練で倒したモンスターに、同じようなことをしていたわね。それに、食べる前に〝いただきます〟って言うのも」

「そう……なのか」

幼少時代、レオは無意識のうちに地球での習慣を持ち込んでいた。

当時一緒に暮らしていたマリーや両親も影響を受けて、コートネイ家に根付いたものもいくつかある。「いただきます」もその一つだ。

日本など一切知らないこの世界の人間であるマリーが、それを今も続けているらしい。

再会するまでにマリーがベルン王国で送っていた暮らしを想像すると、自然とクリスティーナのことが思い出される。

しかし、感傷的になってしまうので、母のことはあまり考えないに限ると、レオは頭を振って気持ちを切り替えた。

「行きましょうか？」

しんみりしてしまったレオを気遣ってか、クラリスが立ち上がった。

「あぁ」

二人はダンジョンの奥へ向かって歩を進める。

しばしの沈黙の後、クラリスが再び口を開いた。

「……マリーさんとレオくんって、どういう関係なの？　レオくんは生徒会に推薦《すいせん》されたのよね？」

「ルナを通して知り合ったんだ」

レオは、肩の上に乗っているルナの喉《のど》を撫《な》でながら答えた。

兄妹だと知らない者に対する、公式の回答である。

「そう」

クラリスは納得したかのような素振《そぶ》りを見せたが、実際のところは分からない。

先ほど、この世界では珍しい習慣がマリーと共通していると指摘したばかりだが、触れるべきではないと察して、気を利《き》かせたのかもしれない。

レオがそんなことを考えていると、クラリスは急に話題を転じた。

「マリーさんって、いい人よね……」

「え？」

意外な言葉に、レオはクラリスの顔をまじまじと見る。

「確か、マリーとはあまり仲が良くないって聞いたけど……」

クラリスは、少しだけ恥ずかしそうに俯いていた。

ルナから聞いた話では、クラリスはA１クラスの中で孤立しているという。

「これでも最初は仲良しだったのよ。でも、くだらないことで彼女に嫌がらせをしてしまったわ」

「入学式の件か？」

「そうね……自分の価値観を否定された気がして、認められなかったのよ。犯罪者の娘が私達の総代だなんて……信じたくなかった。ルドルフさんの件はマリーさんをやっかむ人達が触れ回った、ただの悪い噂だと……」

「ルドルフか……」

「でも、マリーさんを見ていて分かったわ。お父さんのルドルフさんも、本当はきっといい人なんだって」

その解釈は、レオにとってはいささか突飛《とっぴ》だった。

「どうだかねぇ」

「きっと、マリーさんと同じく、信念を曲げない人だったんじゃないかしら。それで何かやっかみを受けて、陥《おとしい》れられてしまったのかも。フランドル王国では犯罪者だから……私は勝手にルドルフさんは悪い人だと思い込んでしまったけど」

「うーん、それはルドルフを買いかぶりすぎな気がするけど……」

あながち間違いではないが、むしろ最近のルドルフは、信念を曲げないあまり危険な方向に突っ走っている——レオはそう思っていた。

「それに、あなた達の模擬戦を見て思ったわ、正しいやり方だけが最良の結果を生むとは限らない、とね」

「なるほどな。まぁ、マリーはいい奴だからな。きっともう気にしてないさ。元々仲が良かったなら、また普通に接してやれよ」

「……そうはいかないわ」

そう言って、目を伏せるクラリス。

レオもコミュ障で不器用な考え方をするので、彼女がそこまで頑《かたく》なになる理由がなんとなく分かる気がした。

つまり、彼女の孤立は自分への罰でもあるのだ。

別にマリー当人も、周りの者もクラリスを責めているわけではない。

しかし、自分がしたことに対する相応の報《むく》いを受けなければ、クラリス自身が納得できないのだろう。

レオも裁きの日以降、十年間地下室に篭もった。それは残酷な現実からの逃避であると同時に、自らに科した贖罪《しょくざい》だった。

「その気持ち、俺もちょっとだけ分かるよ。まあ、いつか元通りになるといいな」

それは、レオ自身や、彼の家族にも当てはまる言葉であった。

「うん」

クラリスは小さく頷いて、遠慮がちに微笑んだ。

「きっとベルン王女はルドルフさんを愛していたんでしょうね」

「え……？」

意外な言葉に、レオは思わず立ち止まる。

「多分よ……私だって男女のことなんかよく分からないけど、マリーさんを見ていると、そう感じるの」

レオは少し笑ってしまった。

「かもしれないな」

そう言って、レオは力強く一歩踏み出した。

「さーて、さっさと行こうぜ。消耗戦は不利だ。一気に最深部まで駆け抜けて、頭を取る」

「ええ！」


そこからのクラリスとレオは速かった。

翔《か》けるように洞窟を進み、迫りくるリビングアーマーやボーンスケルトンを協力して蹴《け》散《ち》らしていく。

クラリスが使う、ウィンドカッターを剣にまとわせるオリジナル魔法は非常に強力で、レオすら目を見張るものがある。

何より、魔力の節約という点においては申し分ない。クラリスがモンスターを斬り漏らした時は、レオがアーティファクトのリボルバーで撃って援護した。

クラリスの背後で、魔法弾の直撃を受けたボーンスケルトンが弾け飛ぶ。

「凄いアーティファクトね。そんなの見たことない……って、もしかして〝ゴールデン〟製？」

「ゴールデンを知ってるのか？」

ゴールデンとは、ルドルフが作ったアーティファクトを市場に流す際に用いられる銘《めい》である。非常に高値で取引されていて、貴族ですら憧れる超高級ブランドになっている。

「こう見えても、良家の令嬢だからねっ！」

クラリスが剣を振るって、リビングアーマーを袈《け》裟《さ》斬りにする。

「もっとも、貧乏令嬢だけど」

「そんなに派手に暴れてちゃ、令嬢って感じには見えないけどなっ」

レオはそう言いながらもリボルバーを構え、クラリスの至近で急に立ち上がったボーンスケルトンの額に大穴を空けた。

「あっ」

「ちょっと時間をかけすぎて、最初に攻撃したスケルトンが復活しはじめたな」

「……ありがとう」

「よし、俺が炎系魔法で焼き払う。すぐにここを離れよう」

「うんっ」

◆◆◆

レオ達は、ダンジョンの最深部と思しき場所に辿り着いた。

すぐ目の前の部屋からは、邪悪な瘴気が漏れ出してくるのをヒシヒシと感じる。

「ダンジョンマスターの倒し方を確認するぞ。いいか？」

「レオくんって、本当に凄いのね。魔力、所持アーティファクト、それに魔法知識……」

「いや、その話はもう……」

クラリスはダンジョンを進む過程で、レオに対する認識をすっかり改めたらしい。

それどころか――

「ねえねえ。やっぱり卒業したら聖女神騎士団に所属しない？　あなたの力を世の中のために活かすべきよ」

熱烈な勧誘が始まっていた。

ここに来るまでさんざん誘われ、さすがにもう付き合いきれないので、レオは無視して話を進めることにした。

「まず、ダンジョンマスター本人を倒すのは言うまでもない。だが、やらなければいけないことは他にもある。ダンジョンの〝力の源〟を破壊する必要があるんだ」

「力の源？」

「人間の身体には寿命がある。だから、ダンジョンマスターになった者は、永遠に迷宮を管理するためにダンジョンの力の源に自分の生命を移すんだ。それを破壊しない限り、何度も復活してしまう。力の源――ダンジョンコアが何かは、見てみないと分からないけどな」

「人間を捨てて〝魔〟になっているのね」

「ああ、そしてダンジョンの力の源は更なる魔力を求めるようになり、冒険者の血を吸って巨大化していく」

「それで術者も狂っていくのよね」

「そうらしい。聖人として慕《した》われていた魔法使いがダンジョンマスターになって、近隣の村の住人を皆殺しにして、スケルトンの村にしたって例もある」

「うん。その話、知ってるわ」

有名な話だから、クラリスも聞いたことがあったようだ。

一通り手順を確認し終えると、レオは力強く頷いた。

「じゃあ、いくぞ」

レオが先陣を切って足を踏み入れる。

神殿風のダンジョンの最奥は、祭壇《さいだん》の部屋だった。

天井は高く、ホール状になっていて、白と黒、二種類の柱がいくつも並んでいる。

中心部の祭壇は周囲より一段高くなっており、カラカラに干からびたミイラが座っているのが見えた。

「アレがダンジョンマスター?」

「いや、分からない。部屋が瘴気で満たされていて、出所を特定できないな。ただ、柱の影から何か来るぞ……」

「う、うん」

柱の影から無数のリビングアーマーとボーンスケルトンが現れ、クラリスとレオに殺到した。

クラリスは軽やかな身のこなしでそれらをいなし、ショートソードで切り裂いていく。

レオは少し後方から、クラリスが討ち漏らしたものや、自分に向かってきたモンスターだけをリボルバーで撃っていた。

レオが今意識しているのはモンスターではなく、ダンジョンマスターがどこにいるか、そしてどのような攻撃をしかけてくるかだった。

しかし、ダンジョンマスターは一向に姿を見せない。

モンスターの襲撃だけとは、随分と拍子抜《ひょうしぬ》けである。

だが、戦いの最中、レオはこの部屋の構造、柱の配置の不自然さが妙に気になっていた。

部屋には二色の柱が並んでいるが、白い柱は祭壇の方に、黒い柱はレオ達が入ってきた入り口の方に偏って配置されている。

それに、柱同士の間隔は不規則で、部屋の広さの割にはやけに数が多い。祭壇の周りの柱など、儀式の邪魔になりそうなくらいである。

天井を支えるだけなら、柱はもっと少なくてもいいはずなのだ。

「単なるデザイン上の意図なのか？　いや、まさか……」

レオが悩んでいる間にも、クラリスは襲い来るモンスターを次々に切り刻んでいく。

ついに彼女は、最後のモンスターを切り裂いた。

「はぁっ、はぁっ。数は多かったけど、なんとかなったわね」

クラリスは一度膝に手をついて乱れた呼吸を整えてから、姿勢を正した。

柱の部屋には大量のアンデッドモンスターの死骸が転がって、山と積まれている。

「さあ、復活する前に魔法で焼きましょう」

クラリスが炎の魔法を放とうと手をかざす。

だが、それをレオが制止した。

「待てっ！　魔法を使わずに祭壇に来るんだ」

レオはクラリスの手を引いて、祭壇の方に引っ張っていく。

「ちょっ、ちょっと。早くこいつらを焼かないと、すぐに復活しちゃうわ。祭壇を調べるのはその後でもいいんじゃ――」

「いいから」

レオは祭壇に続く階段の途中まで上ると、リュックサックから油の入った瓶《びん》を出した。

「何をしてるの？」

怪訝《けげん》そうなクラリスをよそに、レオはその場で油を地面に垂らした。

瓶からこぼれた油は細い筋《すじ》となって、階段の下に流れていく。

だが、モンスターの死骸にはまるでかかっていない。

「よし。絶対に祭壇の階段の上から動くなよ」

「わ、分かったけど」

これでは、とても魔物を焼くことなどできない。

しかし、レオは火打ち石で油に火をつけた。

火はポポポと小さな音を立てて階段の下へと伝っていく。

炎の帯が最後の一段を下り、油が溜まっている面に落ちた瞬間、それは起きた。

――ボワァッ！

ホール全体が炎に包まれ、火の海と化したのだ。

しかし、レオ達がいる祭壇の周囲だけが、光の壁によって火炎から守られている。

もしこの炎に呑まれていたら、服に耐火防御を施してあるレオでも重傷、クラリスは即死だっただろう。

「何……ど、どういうこと？」

クラリスは呆然と立ち尽くす。

「黒い柱と白い柱の配置だ。黒い柱は火炎増大結界の配置になっている。そして、白い柱は火炎防御結界。おそらく、ダンジョンの魔力とも連動してこの火炎地獄を作っているんだ」

「つまり、この部屋自体が罠で、アンデッドは私達自身に火を使わせるための餌《えさ》だった……ということ？」

「そうだろう？　ダンジョンマスター」

レオは振り返って、祭壇のミイラに話しかける。

そしてミイラを狙ってリボルバーを構えた。

「まさか、そのミイラが⁉」

レオが引き金を引くのと同時に、祭壇の背後から白い貫頭衣《かんとうい》を着た若い女が飛び出した。

女はミイラに覆い被さるようにして、弾丸をその身に受ける。

「きょ、教祖……」

白い衣《ころも》に赤い染みが広がっていく。

やがて女はミイラの膝にすがるように崩れ落ち、動かなくなった。

「このミイラがダンジョンコアだったんだ。で、その女がダンジョンマスターってことで間違いないだろうな」

クラリスは哀《あわ》れみの篭もった目で女を見下ろした。

「昔の宗教団体が、教祖をミイラにしたのかしら？」

「熱心な信徒がそれを永遠に祀《まつ》ろうとして、生贄《いけにえ》を捧《ささ》げているうちに魔力が集まり、ダンジョンコアとダンジョンマスターになってしまったのかもしれないな」

「一緒に焼いてあげましょう」

「ああ」

レオとクラリスは協力して、ミイラとダンジョンマスターを運び、祭壇からまだ燃えさかっている火の海へと押し出した。

死体はすぐに灰と化し、レオ達を囲む火の海は急速に勢いを失った。

同時に、ダンジョンを覆う禍々《まがまが》しい瘴気も消えていく。


レオとクラリスは無言で深奥のホールを後にした。

「ねえ？　二人は天国に行けたかな」

少し歩いたところで、クラリスが口を開いた。

「え？　どうだろうな」

ミイラは男性で、ダンジョンマスターは若い女性だった。——実際には百年以上生きていると思われるが。

レオは少し考えてから続けた。

「天国かどうかは分からないけど、一緒にどこかへ行ったんじゃないかな」

「そう……。きっとそうよね」

「ああ」

やがて、二人が歩く先に、暖かい陽の光が見えてきた。

洞窟の中で夜を明かして、いつの間にか朝になってしまったらしい。

二人が洞窟から出ると、ミレーヌが待ち構えていた。

「いよっ、朝帰りか？」

酒瓶片手にご機嫌な様子だった。

「瘴気が完全になくなったなあ。S級の冒険者でも簡単に片付けられなかった問題を解決するなんて、さすがだよ」

この言葉で、レオはミレーヌの狙いを完全に理解した。

「S級冒険者？　クラリス、どうも今回のダンジョンマスターは、冒険者ギルドからも討伐依頼が出ていたみたいだぞ」

ミレーヌが、しまったという顔で舌打ちをした。

「え？」

クラリスはまだ事情を呑み込めていない様子だ。

「まあ、依頼を達成できる冒険者なんてそうそういなかったと思うけど。ダンジョンマスターを討伐したんだから、報奨金はタップリ出るな」

「本当？　じゃあ、レオくんと山分けね」

「俺はいいから、聖女神騎士団の軍費の足しにしなよ。さすがに騎士団の規模を考えると、雀《すずめ》の涙だろうけど」

「でも……そんなわけにはいかないわ。せめて何かお礼をしないと」

山を下りるレオとクラリスを、ミレーヌが追いかける。

「なあ、レオがいらないなら、その分を私が有効活用するぞ？」

「「ダメです」」

見事に二人の声が重なった。


麓の街に戻ったレオは、官舎の前までクラリスを送り届けた。

別れ際、クラリスが遠慮がちに切り出した。

「ねえ。もしかして、レオくんって……マリーさんのご兄弟なんじゃない？　あれだけの知識と魔力……私には大賢者ルドルフの関係者だと思えてならないわ」

どうやら今回の件で、クラリスもコートネイ家の事情を察してしまったらしい。

だが、リーシュ家の協力が得られれば、レオ達にとっても大きな力になるはずだ。

レオはそう考え、クラリスになら打ち明けても構わないと判断した。

「マリーさんも不出来な弟がいる、って話していたし——あっ！　でも、レオ君は優秀だから、やっぱり違うのかな？」

「ははは、まあ俺に言わせれば、マリーの方が妹なんだけどね。お礼代わりに、またあいつと仲良くしてやってくれよ」

クラリスはしばらくの間縦ロールを弄《もてあそ》びながら考える。

だが、最後には清々《すがすが》しい笑顔を見せた。

「……分かった。頑張ってみるわ」

きっと最初から答えは出ていて、考えるフリをしていただけだろう。


レオ達のペアが途中で行方不明になるというハプニングはあったものの、Ａ１クラスとＲ３クラスの合同授業は大成功に終わり、彼らは帰路に就いた。

ちなみに、レオとクラリスはマウンテンワームを深追いして道に迷ったところをミレーヌが探し出した、ということになっている。

普通なら大騒ぎになりそうなものだが、一部の女性陣がやきもきした以外は、「レオがついていれば問題ないだろう」と、誰も心配しなかったというのだから、彼が勝ち得た信頼（？）は大したものである。

4

合同授業からしばらく経った、ある日の放課後。

その日もレオは生徒会室にいた。

書記を務めるレオは書類の作成を、他の役員もそれぞれの仕事をこなしていたが、マリーだけはさっさと自分の仕事を終わらせて、黒猫のルナと戯《たわむ》れていた。

「こんなものかな……」

生徒会長のレイモンドが独り言を漏らす。

彼は他校との合同行事の式次第を考えている最中だ。

毎年この時期になると、オルレアン高等魔導学院はフランドル王国の王立魔法学校と模擬魔法戦をする習わしがある。

例年オルレアン高等魔導学院が圧勝しているが、度重なる敗北で業《ごう》を煮やしたフランドル側は、自校に有利になるようなルール変更を求めてくるのだ。

それを見越したレイモンドは、先手を打って圧倒的にフランドル側が有利になるルールを考えていた。それでも、オルレアン側が負けることなどまずないが。

穏やかな時間が流れる、生徒会室。

オルレアン高等魔導学院の日常風景だ。

だが、そんな弛緩《しかん》した空気が一変した。

「大変です！」

叫び声とともに勢いよくドアを開けて入ってきたのは、Ａ１クラスの担任、アイリーンだ。

すっかり気が抜けていたレオとマリーだったが、すぐにその深刻さを悟った。

アイリーンはただの美人教師に見えるが、かつて帝国相手に奮闘した反乱軍のリーダーを務めた女傑《じょけつ》である。

その彼女がこれほど取り乱すことは滅多にない。

「先生、落ち着いてください。何があったんですか？」

生徒会長のレイモンドが立ち上がって聞く。

他の生徒会役員は、またフランドルが無茶なルール変更でも要求してきたのかと呆れ顔だったが、レイモンドの声は珍しくやや強張《こわば》っていた。

「帝国が軍を動かしました」

アイリーンの言葉を聞いた生徒会役員達は、「なんだ、そっちか」と顔を見合わせる。

拡大主義を突き進む帝国が辺境の小国を攻めるのは日常茶飯事《にちじょうさはんじ》だ。攻められた国はたまったものではないが、国際政治の中心地であるバッカド教国や、帝国と世界を二分するフランドル王国及びその同盟国には関係がない話だった。

そう今までは……

「フーバー将軍率いる帝国の第二軍と第五軍が、ここバッカド教国を目指して進軍しているそうです」

「……え？」

生徒会室の誰もが驚き、一瞬言葉を失った。

「そんなっ⁉」

レオやマリーですら例外ではない。

特にレオは、フーバーが狙うならルドルフだろうと考えていたので、彼らがこのバッカド教国に進軍してくるという事態に激しく混乱していた。

「で、フーバー将軍の、いや帝国の要求はなんですか？　なんの要求もなくこのバッカド教国に軍を差し向けはしないでしょう」

レイモンドは冷静に問いかける。

「それが……」

「？」

普段は明朗なアイリーンが言い淀《よど》むのは珍しく、生徒会の面々も怪訝な表情を浮かべる。

「その……帝国の要求は……マリーさんの身柄なんです……」

帝国の要求がマリーの身柄？

レオにはアイリーンが口にした言葉の意味が理解できなかった。

レオだけではない。マリー自身も含めてこの部屋にいる全員が混乱し、同じ疑問を抱いていた。

国家が、ただ一人の少女の身柄を要求するために軍隊を動かすだろうか？

もちろん、マリーはベルン王室の王女クリスティーナの娘なのだから、ただの少女というわけではない。だがそれにしても、異常なことには変わりなかった。

生徒会の一人がそれを口にした。

「どうして？　ベルンと帝国は別に揉《も》めてない。なら、マリーさんはただの女の子じゃないか」

アイリーンは苦々しく顔をしかめた。

「帝国はルドルフ・コートネイを第一級魔法犯罪者に指定したの。それを理由に、マリーさんを参考人として……」

「そんな、理不尽《りふじん》な⁉」

「もちろん、それはあくまで戦争を起こすための口実なんでしょうけど……」

オルレアン高等魔導学院があるバッカド教国は、世界宗教であるナリア教の本山だ。信仰の強弱こそあれ、世界中のほとんどの人間がナリア教徒である。

無論、帝国にもその教徒は多い。

ゆえに、さすがの帝国もバッカド教国に手を出すことはあるまいと言われていた。

しかし、ここ数年、強硬な領土拡張を推し進めている帝国なら、いつかはバッカド教国を攻めるかもしれない。誰もが内心ではそんな不安を抱いていたのだ。

「わ、私どうしたらいいの？」

マリーのか細い声が生徒会室に響く。

誰もが「大丈夫だよ」と慰《なぐさ》め、彼女を勇気づけたかったことだろう。

この部屋にマリーを嫌っている者は一人もいない。皆、彼女を愛していた。

しかし、誰も何も言えなかった。

そもそも、バッカド教国がどういう判断を下すか分からない。

彼女の処遇次第で、大国と戦争が始まるのだ。

二大強国のフランドル王国の出方によっては世界的な戦争にも発展しうる、緊迫した状況である。

誰一人として自分の言葉に責任を持てなかった。

安易な気休めは、マリーにとってはとても重い嘘になってしまう。

生徒会室は、長く重い沈黙に支配された。

◆◆◆

バッカド教国を起点に世界の地理を大まかに見ると、北東方向はイグロス帝国の版図《はんと》が広がり、西方にはフランドル王国とその同盟諸国がある。

バッカド教国は両大国のおおよそ中間ラインの、やや南東寄りに位置する。

オルレアン魔導学院の学院長室では、トルドゥス学院長をはじめとする数名が大きな世界地図を机上に広げて囲んでいた。

その中にはアイリーンの姿もあった。

彼女はかつて反乱軍を率いて帝国と戦った経験があるため、帝国の進軍に関して、軍事的な意見を求められているのだ。

トルドゥスはその辺りの事情も知った上で、彼女を教師として雇い入れていた。

アイリーンの他には、リーシュ家の代表——クラリスの兄であるザルバックと、父グランも同席している。

ザルバックは、バッカド教国にとって事実上の主戦力になる、聖女神騎士団の現団長だった。

そして、彼らとは少し離れたソファーの上には、小さく身を縮こまらせたマリーがいる。

トルドゥスが重々しく口を開いた。

「法皇は、聖女神騎士団の判断に全てお任せするとおっしゃられた」

トルドゥスは学院長という立場であると同時に、バッカド教国の枢機卿《すうききょう》でもある。

彼は既に法皇の前で会議を済ませていた。

会議の内容はもちろん帝国と戦うか、あるいは要求を呑んでマリーを引き渡すかだ。

トルドゥスの言葉通り、法皇はその決定を聖女神騎士団に委《ゆだ》ねた。

その理由は簡単である。

そもそもバッカド教国に国軍はない。聖女神騎士団は実質的に法皇の指揮下にあるが、本当は独立した騎士団で、異教徒や亜人からナリア教徒を守るのがその使命だ。

ナリア教を信仰する国同士の争いには――たとえそれが自国を含むものであっても――関与出来ないのだ。

だから、聖女神騎士団は、自らの判断で動く必要がある。言いかえれば、グランが帝国と戦わないと判断すれば、バッカドには帝国に抵抗できる戦力がないのだ。

グラン・リーシュ侯爵は優柔不断ともいえる人物で、このような状況で判断をくだせる器《うつわ》ではなかった。それは、まだ老齢ではないのに息子のザルバックに騎士団長の座を譲り渡していることからも明らかだ。

内心の不安を隠そうともせず、息子に問いかけるグラン。

「ザ、ザルバックよ……」

「戦うしかありませんな、父上」

父親とは逆に、ザルバックは決断の人である。

意外にも、ザルバックは帝国との戦いに前向きだった。

彼はこの戦いに勝算を見いだしていた。

聖女神騎士団は総勢三万の兵力だが、バッカドの首都オルレアンは高度な魔法防衛都市である。

バッカドはその豊富な資金力で、街の周囲に魔法的処置を施した高い壁を築き上げている。ある意味、堅固な城塞《じょうさい》都市といえた。

また、都市内には食糧の蓄《たくわ》えも豊富だ。

騎士団がオルレアンの防衛に専念して時間を稼《かせ》いでいる間に、フランドル王国と同盟諸国の援軍が帝国軍の側面を突けば、一気に形成は逆転する。

遠征軍相手に勝機は十分だった。

ただし、問題はフランドル王国が帝国を恐れずに援軍を出すかどうかだ。

フランドル王国は帝国とともに世界の二大強国と言われ続けてきたが、その政治形態は大きく異なる。中央集権型の帝国と違い、フランドルは王制ながらも諸侯が力を持つ地方分権国家だ。帝国と戦うとなれば、反対する者が出るかもしれない。

また、その軍事力は多数の同盟国を抱えているからこそであり、一国のみで帝国に並び立つほどではないのだ。

では仮に、帝国の要求を呑んで、マリー・ヴァンテェンブルクを引き渡したらどうなるか。

マリーはフランドル王国の同盟国であるベルン王国から、バッカド教国が預かっている人質でもある。

それを簡単に引き渡したとあっては、フランドル側から厳重な抗議を受けることになるだろう。

そして、バッカド教国が今まで築き上げてきた国際政治の中心的地位と信頼は失われてしまう。

それはバッカド教国という国家のみならず、ナリア教の威信を損なうことに他ならない。もちろん、女神の名を冠した聖女神騎士団の地位低下も免《まぬが》れない。

そういう意味では、結果的に敗北してマリーを引き渡すことになるとしても、無条件に屈服するよりはマシと言えた。

「か、勝てるのか？　ザルバックよ……」

グランは、息子にすがるような視線を向ける。

「問題は勝ち負けだけではありませんぞ。しかし、勝機はあります」

「そ、そうか。お前が言うならば、きっと勝てるのじゃろう」

自信たっぷりに答えたザルバックだが、彼はこの時、援軍が来るとしても勝率は四割ほどだと考えていた。

「では、よろしいですな、父上？　トルドゥス枢機卿、聖女神騎士団は――」

ザルバックが帝国と戦うと宣言しようとしたまさにその時、兵士が慌ただしく駆け込んできた。

「だ、団長に至急申し上げたき儀が……」

兵士は聖女神騎士団の団員らしい。辺りに揃っている面々を見て、一瞬躊躇《ちゅうちょ》した。

ザルバックだけに伝えるべきか迷ったのだ。

「構わん！　ここで言え」

ザルバックが叫ぶと、兵士は直立姿勢で報告した。

「そ、それが帝国は軍を二つに分け、第二軍はこのオルレアンに、第五軍はフランドル王国内を素通りしてベルン王国を目指しているようです」

「なんだと⁉　間違いないのか⁉」

ザルバックの表情が一層険しいものになった。

「は、間違いありません！」

「くそっ!!」

ザルバックは地図を広げていた机を力任せに叩いた。

「ど、どうしたのだ？　オルレアンに来る帝国兵が少なくなったのだろう？　喜ばしいことではないか？」

状況を呑み込めていないグランが、おどおどしながらザルバックに問いかけた。

「……父上、そうではありませぬ。これでフランドル王国が援軍を送って来ないことが確実になったのですぞ」

ザルバックは苦々しく顔をしかめながら説明した。

「な、なに？」

そもそも、帝国兵がベルン王国に進攻するためには、フランドル王国の領土内を通る必要がある。

その軍を素通りさせているなら……フランドル王国はベルン王国を見捨てて、今回の帝国の軍事行動を黙認《もくにん》したということだ。

となれば、援軍を送ってくることもない。

裏を返せば、マリーを帝国に引き渡しても異論を言ってくることもないわけだが……

「フランドルは帝国に屈服する気かっ!?」

フランドル同盟諸国からの援軍が見込めなくなった今、バッカド教国が帝国相手に勝利する可能性は消え去った。

「ザルバックよ……ここは……」

グランは息子の気質をよく知っている。ザルバックは本心では戦いたいのだろう。それでも、聖女神騎士団としては帝国と戦うべきではないと、当主として主張しようとした。

「……分かっています。父上」

ザルバックがそう言った時、学院長室にいた者の視線はすべからくマリーのもとに集まった。

その大半が「すまない」と、謝罪を訴えているが、誰もその先のことは言わない。

言えるわけがない。

「私が帝国にいきます」

真っ先に口を開いて立ち上がったのは、マリーだった。

だがその姿は、いつもの気丈で自信に満ちた少女ではない。

明らかに顔は青ざめている。

「マリーさん……」

アイリーンも、それ以上なんと声をかければいいのか分からなかった。

この場にいる誰もが、マリーを助けたいと思っている。

しかし、帝国の軍勢が目前まで迫っているという現実の前には無力だった。戦えば多くの血が流れる。勝ち目もなく、援軍も望めない。

「ありがとう」

交戦の決定権を持つグランが、代表してマリーに礼を言った。

その時――

学院長室の扉が勢いよく開け放たれた。

「おいおい！　グランのおっさんよ～、俺を拘束する前に何を決めちゃってるのよ⁉　こういう時のための人質だろう？　そんなこっちゃ、戦争に勝てないぜぇ？」

Ｒ３クラスのベルナーだ。

学院長を含む全員が、呆気にとられていた。

「誰だお前は？　学院長室の前に配置した騎士はどうしたんじゃ！」

グランがやや不機嫌そうに問い質《ただ》した。

しかし、それに答えるよりも早く、ベルナーの後ろから別の学生が入ってきた。

クラリスとレオである。

「お父様、お久しぶりです。騎士には私が事情を話して通してもらいました」

「おお。クラリス。どうしてお前がここに？」

クラリスの姿を見るなり、グランの顔が綻《ほころ》んだ。よほど娘を溺愛《できあい》しているらしい。

若く美しく、優秀で、誰よりも騎士団を思う娘なら、親として当然かもしれない。

「だが、今はお前が出る幕ではないぞ。早々に立ち去りなさい」

しかし、グランは常識も忘れない人物だった。

「お父様、先ほど軽口を叩いた男は、帝国の末席皇子です」

「そうで～す。教国に送られた帝国からの人質で～す」

クラリスに紹介されたベルナーは、空気を読まずにおどけてみせる。

「な、何？　そのような学生がいたのですかな？」

グランがトルドゥス学院長を見る。

「すっかり忘れていました。長い教国の歴史でも、実際に学生を人質として利用するなどということはなかったもので」

「そうか、皇子か！　このベルナーくんがいれば、戦争を回避できるかもしれんな。カール皇帝も人の親じゃ」

グランが喜び勇《いさ》む。

ところが、やる気のない声がそれを否定する。

「いやいや、こいつは本当に末席だから、ぜんっぜん意味ないよ。むしろコイツの持ってる古代アーティファクトの力で軍を退かせたほうがまだマシ」

もちろんレオだった。

「ま、まあ事実だから否定はできねえけどよ……。もしかしたら少しくらい効果があるかもしれないじゃないか」

緊迫感がないやり取りを始めたレオに、半《なか》ば呆れ顔のグランが聞いた。

「き、君は？」

「私が紹介します」

クラリスは確認するように、レオに目配《めくば》せした。それを受けて、レオも首を縦に振る。

「その前に、皆様は帝国と戦うか否かを決める会議を行っている最中、という認識であっていますよね？」

これには現騎士団長のザルバックが答えた。

「そうだ。その重要な軍議の場と知りながら、どうしてお前が来る？」

「お兄様ならお分かりだと思いますけど」

ザルバックがわずかに微笑む。

彼も父に負けず劣らず、妹が大好きなのだ。

「極論をすれば、戦争をするか否かは勝算の有りや無しやで決まる。はっきり言って、現状では全く勝ち目がないが……お前は何かこれを覆《くつがえ》す材料を持ってきたのだな？」

「はい、その通りです！」

場がどよめく。

「分かっているのか？　相手は帝国七魔将が率いる第二軍、総勢十万だぞ？」

「はい！」

「では聞かせてもらおうか」

「遠征軍を退かせる方法は三つあります。第一に軍を討つこと。これは言うまでもありません。第二に補給を断つこと」

遠征軍にとって、補給路の確保は非常に重要な問題である。

十万の人間を支えなくてはならないため、一食分の食糧でも膨大な量になる。補給を断たれれば、撤退せざるを得ない。

ただし、それは遠方への出征で兵站線《へいたんせん》が延びきっている場合の話である。

バッカド教国は帝国に近いため、相手は補給経路を柔軟に選択できる。

さらに、帝国本土からの増援も容易《たやす》いため、下手に手を出せば補給路を断つどころか、挟撃《きょうげき》に遭《あ》いかねない。

それに、帝国が誇る七魔将が指揮する軍が、そんな弱点を晒《さら》すとも思えなかった。

「第三は……将を討つこと。つまり、七魔将のフーバーを討つことです」

誰もが押し黙る。

魔法が存在するこの世界では、個人の戦闘能力への依存度が高い。

一人の強力な魔法使いが、百の雑兵《ぞうひょう》を一瞬で屠ることなど、戦場では日常茶飯事だ。

一軍を指揮する将ともなれば、その力は絶大であり、文字通り一騎当千《いっきとうせん》。

そしてそれはまさに部隊の戦闘能力の象徴でもあるのだ。レオの前世の世界とは、士気への影響が比べものにならないほど大きい。

部隊の頭であり、戦闘力の根幹をなす将軍が敗れれば、被害を小さくするために即撤退するしかない。

ゆえに、大国は最強の戦士を将に据える。

グランが重い口を開いた。

「クラリスよ。それができたら苦労はない。十万の帝国兵に守られる魔将を、誰が討ち取れるというのだ」

「先ほどの彼……レオくんです」

「馬鹿な？　こんな少年が？」

グランに懐疑的な目を向けられ、レオは語りだした。

「オルレアンは鉄壁の城塞都市だろう？　だからそう簡単には落ちない。だが、攻撃で落ちなくても十万に囲まれたら、手も足も出せない。対して向こうは補給も増援もやりたい放題だ。いずれはこっちの兵糧《ひょうろう》が尽きてオルレアンは落ちる」

皆の視線がレオに集中した。

「だから、その前に俺が敵陣に忍び込んで、直接フーバーを討ちますよ」

「冗談はよせ！　君のような少年にそんなことができるものかっ！」

グランが声を荒らげた。

レオは学院長室の窓際に近寄って目を閉じる。

次の瞬間、眩《まばゆ》い閃光《せんこう》とともに校庭の土が連続して爆発した。

「な、なんだ？　帝国の魔法攻撃か？」

「生徒に被害はないか⁉」

慌てるリーシュ家の父子をなだめるように、レオが言った。

「大丈夫です。校庭に生徒は一人もいません」

瞼《まぶた》を開いたレオの片目は異様な輝きを放っていた。

「な、何？　分かるのか？　これは君がやったのか？　それに、その目は一体？」

ザルバックが身を乗り出す。

「できるかできないかじゃない。俺はマリーを守らなくちゃならない。なぜなら、俺はマリーの兄だから」

「なっ？　つまり君は、ルドルフ・コートネイの息子か？」

ザルバックの顔が驚きに染まる。

「事実なのか」

クラリスが静かに頷く。

「レオくんは、今の魔法攻撃を永続できるそうです」

レオが訂正した。

「いや、さすがに永続は無理だが、あれだったら半日くらいは可能だ」

「は、半日!?　そもそもこの威力の魔法を魔力集中もなしに、一体どうやって？　その目と関係しているのか？」

レオはその質問には答えず、衛星次元魔法の威力について語った。

それが開戦の判断に必要な情報だと判断したからだ。

「やろうと思えば、この校舎ごと焼き払う威力の魔法を数時間以上連続で発動することもできる」

「！」

グランが目を見開く。

彼が驚くのも無理はない。先程レオが発動した魔法は、高位の魔法使いが長い魔力集中と詠唱の末に放つ魔法に匹敵する威力だった。

「そ、それを使えばいかに帝国兵十万といえども……」

「ただ、できればこの魔法システムは使いたくないんだ」

レオにとって、この衛星次元魔法には苦い記憶がある。

「なぜ!?　……いや、そうだな」

高位の魔法使いにも感知されない、超強力な魔法である。一方的な虐殺が起こることはグランにも予想できた。

その罪は、一人の学生が負うにはあまりにも重い。

「けど、いざとなれば躊躇《ためら》わない。マリーのためなら、俺は使うよ」

レオは放心して座っていたマリーの首に後ろから手を回して、そっと抱きしめる。

「レ、レオ」

「たった一人の兄妹だろう？　世界中の奴が見捨てたって、俺は見捨てるものか」

「レオ……」

小さく応えたマリーの頬はわずかに赤くなっていた。

それを見たクラリスとベルナーが笑みをこぼす。

「あら、私だって喧嘩友達を見捨てるつもりはないわよ。いなくなったら寂しいもの」

「俺のレオの妹だもんな。本を正せば、俺の実家が起こした揉め事だ。ケツは拭《ふ》かせてもらうぜ！」

トルドゥス学院長が長い白髭《しろひげ》をしごきながら、グランを見る。

「マリー嬢を帝国に引き渡そうという考えの者はいますかのう？」

グランは静かに首を振った。

「今、帝国に屈したら、奴らは今後も次々と困難な要求を突きつけてくるじゃろう。それなら、少女を引き渡すなどという矜持《きょうじ》に関わる要求は跳ね除《の》けるべきかもしれんな」

「父上っ！」

戦えると分かったザルバックは、既に喜色満面《きしょくまんめん》だった。

「致し方あるまい」

「よーし！　開戦だ！　女神ナリアを恐れもしない帝国に一泡吹かせてやるぞっ！」

5

時は少し遡《さかのぼ》る。

イグロス帝国の首都ロンダニアの帝城前に、多くの武装した兵士が集まっていた。

帝国七魔将の一人フーバーが率いる帝国第二軍十万、そしてレイズン皇太子が自ら指揮する第五軍十万、合わせて二十万だ。

――カール皇帝陛下《へいか》万歳！　イグロス帝国万歳！　カール皇帝陛下万歳！　イグロス帝国万歳！

帝城のバルコニーには戦装束《いくさしょうぞく》に身を包んだレイズン皇子の姿があった。その後ろには堂々たる体躯《たいく》のフーバー将軍が控《ひか》えている。

レイズンが片手を挙げると、万歳斉唱していた兵士が即座に沈黙した。

「聞け！　大イグロス帝国の勇士達よ！」

皇太子のレイズンが腕を突き出して叫んだ。その声は魔法によって増幅されており、帝城前に整列する二十万の兵士一人一人にはっきり届くようになっている。

「大イグロス帝国こそ、かつて日の昇る処《ところ》より、日の沈む処《ところ》まで支配した古代帝国マドニアの再来なり！」

――オー！

レイズンが発する言葉に呼応して帝国兵が雄叫《おたけ》びを上げる。

続けて、フーバーが口を開いた。

「フランドル、ベルン、バッカドの三国は、オフィーリア将軍を卑怯《ひきょう》な方法で殺したルドルフ・

コートネイを匿《かくま》っている。これは弔《とむら》い合戦である！」

兵の士気は高い。

帝国第五軍は、そもそもルドルフが返り討ちにした七魔将の一人、オフィーリアの軍だった。

第五軍の軍規は異常に厳しいと噂されていたが、それでもオフィーリアは常勝将軍として兵達や同僚の将軍から愛されていた。

「我ら帝国のレイズン皇子にこそ、女神ナリアの加護があるのだ！　弱国と群れたところでなんの意味もないことをヤツらに叩き込んでやれ！」

皇子自ら出征するという事実も、兵達の士気を上げていた。有力な皇子が出るということは、当然勝てる戦いだからだ。

――オー！　レイズン皇子殿下万歳！　イグロス帝国万歳！

「帝国第二軍！　帝国第五軍！　前進！」

レイズン皇子の大号令を合図に、まるで大地そのものが動くかのごとく、帝国の進撃がはじまった。

フーバーとレイズンが乗った馬車は、行軍する部隊のちょうど中央に位置している。

「しかし、まさかソシン殿がベルンとバッカドを攻める根回しをしてくれるとは思いませんでしたね」

演説の時と比べると、幾分《いくぶん》リラックスした様子のレイズンが、同乗しているフーバーに話しかけた。

レイズン皇子は数多《あまた》の皇子の中でも次期皇帝候補として有力な一人である。だが、その彼とて皇位継承が決まっているわけではない。

現皇帝カールには何十人という子供がいるのだ。

しかし、ベルン王国とその同盟国であるフランドル、そしてバッカド教国に対しての遠征を成功させれば、継承権争いの趨勢《すうせい》はほぼ決まると言ってもいいだろう。

「皇子、まだまだ青いですな。ソシンには裏があるに違いないですぞ」

「裏、ですか？」

レイズンは二十代半ばとまだ若く、彼にとってフーバーは剣の師匠でもあるため、人目がないところでは師として敬《うやま》う態度をとっている。

フーバーはそんなレイズンの後ろ盾となって推戴《すいたい》している。ある意味二人は、一蓮托生《いちれんたくしょう》と言ってもいい関係だ。

「たとえば、ルドルフに我々を始末させるつもり……とか」

「なんと!?」

「オフィーリアも、ソシンに嵌《は》められたと考えられませんかな？」

驚いたレイズンは馬車内で勢いよく立ち上がり、天井に頭をぶつけた。

「いててて！　まさか、ソシン殿とあのルドルフ・コートネイが裏で繫がっているということですか？」

「そこまでは分かりません。しかし、オルレアンに送ったハリマウが消息を絶っているのも気掛かりです」

「将軍が信頼していた密偵の？」

「うむ。消されたのでしょうな。魔法戦でハリマウに勝てる者は少ない。ルドルフの娘、マリー・ヴァンテェンブルクがいることを考えると、ルドルフ本人か、その関係者の仕業かもしれません」

「それはマズい。罠だとしたら軍を引き戻さなくては！」

「いや、〝虎穴《こけつ》に入らずんば虎子《こじ》を得ず〟です。ルドルフは私が片付けます。オフィーリアの仇《かたき》もとってやらねば」

動揺するレイズンをなだめるように、フーバーが落ち着いた声で言い聞かせた。

「将軍……」

「というわけで、皇子にはベルン攻めをお願いしたい。もし私と第二軍がルドルフに敗れても、フランドルと同盟国であるベルンに勝てば、その功績は大きい。皇位継承は決まったようなものでしょう」

「分かりました」

フーバーの覚悟を知ったレイズンは、真剣な眼差《まなざ》しで頷く。

「ハハハ。まあ、心配は無用。このフーバーが不覚を取るようなことは万が一にもないと、皇子が一番ご存知のはず」

重くなった空気を払拭《ふっしょく》するために、フーバーは豪快に笑った。

「もちろんです。ところで、オルレアンといえば、ベルナーの奴はどうしているのやら……」

「ああ、そういえば彼はオルレアンの学校に通われているんでしたな」

「上手く逃げ出してくれていると いいのですが、人質に使われるかもしれません」

「可能な限りお救いしましょう」

「助かります。あれでも弟なので」

「殿下のお気持ちは分かります。もし私が殿下を推していなかったら、ベルナー殿を選んでいたかもしれません」

レイズンもフーバーも、ともにベルナーを買っていた。

レイズンは型破りな弟を思い出して小さく笑みを浮かべる。

「父上のご寵愛《ちょうあい》を失い、無視されるようになっても、不思議と嫌う者はいない。変わった奴です。他の皇子は互いに憎しみ合ってるというのに」

「それにしても、陛下のご病気は重いのですか？　最近は軍議の場に全くお見えになりませんし、将軍達も心配しております。後宮仕えのソシンめを重用されているのも、そのためのようですが」

「重いのかもしれない。遠征に行く私にお声がけくださった時も、床に伏したままだった。だが、まだお若い。いずれきっと快癒《かいい》されよう」

「ふむ、臭いな……」

フーバーが小さく呟いた。

レイズンの言うとおり、皇帝カールはまだ若い。にもかかわらず、帝国が誇る最高の医療を受けながら、一向に回復の兆《きざ》しが見えないというのは信じがたい。

「将軍、何か？」

「いえ、ただの独り言です」

フーバーは皇帝の病はソシンに原因があるのではないかと疑っていたが、あえて口には出さなかった。

皇子の前で血生臭い話をしたくなかったからだ。

だが、この遠征に成功した暁《あかつき》には、継承権争いの地固めのためにもソシンを排除しよう――フーバーは密かに決意していた。

◆◆◆

帝国軍進軍に関しては箝口令《かんこうれい》が敷かれており、一部の者を除いて、オルレアンの市民には知らされていなかった。

パニックを避ける目的もあるが、当面は街の防壁を挟んでの睨み合いになることは分かりきっているからだ。

それでも、時折市民達の噂に上ることはあった。しかし、帝国がナリア教の本山であるバッカドを攻めると信じる者は少なく、オルレアン市街は静かなものである。

聖女神騎士団が平然としていることも、市民達を安心させるのに一役買った。

だがオルレアン高等魔導学院内だけは別だった。

学院に通う生徒には、他国の有力者の子弟も多い。独自の情報網で、帝国進撃の噂は事実であるとすぐに広まったのだ。

生徒達の選択は様々である。

実家に帰る者、実家が帝国の侵攻ルートなので遠方に離れる者、学院に留まる者、オルレアンの防衛戦に従軍するという選択肢もあった。

この世界で魔法を使える者はそう多くない。魔法を使えるというだけでも、並の兵士より立派な戦力になりうるのだ。

ほとんどの生徒達は、対応に頭を悩ませていた。

だが、あるクラスでは比較的早くに多くの生徒が結論を出していた。

レオ達のR３クラスである。

帝国がマリーの身柄を要求していると知って、ほとんどのクラスメイトが従軍を希望した。

マリーはR３クラスでも、とても人気が高いのだ。

そのうえ、レオが真っ先に帝国と戦うことを表明した影響もあっただろう。

騒ぎ立てる他のクラスに比べて、R３クラスは不思議な連帯感に包まれていた。

「じゃあベルナーを血祭りに上げて士気を高めようかしら」

妖《あや》しげな笑みを浮かべたエマが、ベルナーににじり寄る。

「おいおい、エマ、本気か？　俺だって帝国軍と戦うために従軍するって言ってるんだぜ？」

後ずさりするベルナーの背後からも声がかかる。

ネクロマンサーのアンナだ。

「……殺してしまったら人質にならない。帝国が攻めてきた時、簀巻《すまき》にして防壁に吊《つ》るすのがいい」

「アンナちゃんが言うと冗談に聞こえないんだけどね……」

ジャクリーヌがぽつりと呟く。

そうこうしている間に、ベルナーは荒縄《あらなわ》でぐるぐる巻きにされていた。

「いつも言ってるだろ？　俺は帝国では鼻摘《はなつ》まみにされてるんだから、人質にしたって大した効果はないんだ。早まるなって……」

ベルナーは苦しい言い訳を口にして情けを乞う。

そんなやり取りを苦笑しながら見守るレオの隣にいるのは、Ｂ３クラスのイザベラだ。

彼女はベルナーの従者として行動を共にしている、しっかり者の女子である。

「べ、ベルナー様が大変です！　レオ様、皆様を止めてください」

Ｒ３クラス女性陣のただならぬ気配を察したイザベラが、レオに懇願する。

「まあまあ、これは遊びみたいなもんだから」

「遊び？」

イザベラは小首を傾げる。

「ベルナーが本気を出したら、あんな縄なんて簡単に引きちぎれるでしょ。皆もベルナーに暴力を振るうつもりなんかないよ」

彼女達がベルナーを恨んでいないことは、レオも分かっている。

だが、ベルナーは一応帝国の皇子なのだ。

「これから戦争が起きる。ベルナーの責任ではないとはいえ、帝国に対するわだかまりが全くないわけでもない。だからこういう儀式も必要なんだよ」

「そ、そういうものなんですかね？」

「ああ。皆ベルナーを恨んではいないさ」

レオはイザベラを安心させようと笑いかける。

引き篭もりだったレオも、いつの間にかこのような気遣いができるようになっていた。今や、学院での人付き合いもなかなか自然である。

「そうですよね。ベルナー様は皆に愛されるお方ですから」

イザベラが安堵したのも束《つか》の間、担任のミレーヌがベルナーにツカツカと大股で歩み寄った。

「この役立たずが！」

ミレーヌは有無を言わさず、ベルナーの頭に拳骨《げんこつ》を食らわせた。

「いってー！　何するんだ！　このクソ教師！」

腹に据えかねたベルナーは、荒縄を力で引きちぎってミレーヌに飛びかかる。

ミレーヌも負けずにベルナーの首を締め上げて対抗する。

イザベラはポカンと口を開けて成り行きを見つめた。

「なんでミレーヌ先生はベルナー様と身体能力で互角なんですか？　ベルナー様は魔法で強化され

ているのに」

「いや、俺にも分からないよ」

「うーん、そうですか。レオ様でも分からないことがあるんですね……」

イザベラがしみじみ呟いた。

Ｒ３クラスの教室は、とても戦争が始まるとは思えない、脳天気な喧騒《けんそう》に包まれていた。

そんな中、教室のドアが開いて、アイリーンを伴った生徒会長のレイモンドが現れた。

「やあ！　帝国に一泡吹かせるんだろう？　僕も交ぜてよ。従軍組はこのクラスに集まってるらしいから見に来たんだけど、予想通りだね」

「学院長室に乗り込んでくるような、血の気が多い人もいますしね」

そう言って、アイリーンが微笑む。

クラリスとウェステもほとんど同時にやって来た。

「さすがレオくんのクラスね。上級生でも怯えてる生徒がほとんどなのに、なんだか盛り上がっていて楽しそう。あ、マリーさんも後から来るらしいわよ」

「スラムの弱い人達は逃げ場がないから、私も戦ってオルレアンを守らなきゃ！　それに、レオ様に頂いた指輪のお礼もしたいですし」

ウェステは手の甲を向けてレオに指輪を見せる。これは魔導学院の入学試験に際して、レオがウエステに与えた自作のアーティファクトだ。

「指輪？」

ベルナーとミレーヌの戦いを観戦していたジャクリーヌ、エマ、アンナら、一部の女性陣がわずかに殺気立つ。

「それって、どういう意味の指輪なんです？」

ジャクリーヌはにこやかに微笑んでいるが、レオにはそれが妙に恐ろしく思えた。

「べ、別に学校の試験に合格しやすいように、魔力を調整するアーティファクトをあげただけだよ」

女性陣から問い詰められるレオを横目で見ていたクラリスが、冷めた声を出した。

「レオくんって結構女たらしなのね」

「お、おい！　なんでそうなる」

レオが教室の隅に追い詰められた頃、マリーがR３クラスにやってきた。

「おう皆、主賓《しゅひん》の到着だぜ！」

ベルナーが、教室の入り口で立ち尽くすマリーを陽気に迎え入れる。

「み、皆。本当に……私のために……？　ありがとう……」

「マリー」

レオはマリーを励まそうとするが、R３に集まっていた面々が次々と口を開いた。

帝国が悪い。ベルナーが悪い。マリーは悪くない。

そもそも帝国は戦争がしたいだけ。

事態に対する捉え方はそれぞれだが、彼らが共通して感じているのは、戦争を始める理由を一人の少女に転嫁《てんか》した帝国の卑劣《ひれつ》なやり口に対する憤《いきどお》りだ。

レオも何か言おうとタイミングを計っていたが、そこにものすごい勢いで少女が駆け込んできた。

「レオ、皆〜！　私も帝国と戦いに来たよ」

黒っぽい猫耳に尻尾、やや吊り気味な目が印象強い、健康的な美少女。

本来の獣人の体に戻ったルナだった。

猫の体から魂を戻し、ルドルフに帝国の侵攻を伝えたルナは、そのまま自分の体でオルレアンまでやって来たのだ。

ただし、ルナの方は皆を知っているが、大半の者は黒猫のルナしか知らないので、初対面である。

獣人は驚異的な身体能力を持つが、それ故に彼らを恐れる者も多い。それはR３クラスに集まった者とて例外ではなく、何人かはルナを見て顔を青くした。

それでも、どうやらレオやマリー、ベルナーらとは顔見知りのようであり、命がけの戦争を逃げずに一緒に戦ってくれるらしいということで、ルナはすぐに受け入れられた。

◆◆◆

ついに帝国軍の先鋒《せんぽう》がオルレアンに到着しはじめた。

オルレアンの城門は既に閉じられており、厳戒《げんかい》態勢である。

もはや出ることも、入ることもかなわない。

今オルレアンに残っているのは、住民も含めて戦う覚悟を決めた者か、他に行き先がなくて残らざるを得なかった者だけだ。

もちろん、オルレアンの守兵は街を守るために駐留している。

彼らのような兵士や一般市民は、帝国の要求がマリーの身柄であるとは知らない。

一方、魔導学院の生徒のほとんどはその事実を知っているが、それでも半数以上の生徒が学院に残っていた。

マリーを守るという決意をもって。

オルレアンの都市防壁の上からベルナーは帝国軍を眺めていた。

「いや～、壮観だな。兵隊がどんどん押し寄せてくるぜ。まさに帝国兵の海だな」

それを聞いて情けない声で笑ったのは、バーニーだった。

「さしずめオルレアンは絶海の孤島だね。どうして逃げなかったんだろう、僕。ハハハ」

「お前、〝マリーさんを見捨てられない〟とか、自分で言ってたじゃないか？」

バーニーも、マリーのために残った生徒の一人だ。

「すぐ街を攻撃してくるかな？　それとも、最初は降伏勧告？」

怯えて苦笑するバーニーをからかうように、ベルナーは楽しげに言った。

「軍が揃ったら、間違いなく攻撃してくるだろうな」

「そ、そんな～」

「どうせ戦うんだから、覚悟を決めろよ」

ベルナーはこう考えていた。

もし降伏勧告をしてこちらが応じたら、マリーの身柄を差し出すことで手打ちになる。

だが、帝国としての狙いが何かはともかくとして、生粋《きっすい》の武人として知られるフーバーは、正面からの決戦を望んでいるだろう。

その後も帝国兵が次々と集結し、オルレアンの都市防壁を囲むように布陣していった。

壁上から戦場の全体を見ていたザルバックは、勝負は明朝からと予想した。

◆◆◆

翌朝、帝国軍による攻撃がはじまった。

都市攻略戦において、まず攻撃側は魔法部隊が遠距離から壁や門を破壊しようとするのが常道だ。それと並行して肉弾戦部隊が壁を登って突入。あわよくば内側から門を開けようとする。

一方防御側は、門の上から魔法や弓で応戦するというのが基本だった。

まずはセオリー通り、帝国の魔法部隊が遠距離から都市防壁に攻撃を開始した。

肉弾戦部隊はまだ出てこないようだ。

帝国の魔法攻撃は強力だが、防壁に当たると消えていった。

ザルバックも聖女神騎士団の攻撃魔法部隊と弓部隊を指揮して、防壁の上から果敢《かかん》に帝国軍を攻撃していた。

レオとレイモンド、トルドゥス学院長の三人は防壁の上に並んでそれを眺めている。

「ハハハ。流石オルレアンの防壁ですね。見事です」

レイモンドが爽《さわ》やかに笑う。

「フォッフォッフォッ。オルレアンの防壁は抗魔法素材で作られておる。しかも、ワシを含めた高位の魔法使いが防御魔法陣を描いて魔力を込めているのじゃ。そう簡単に破れはせん」

トルドゥス学院長も、自ら魔法を施した防壁に自信を覗かせた。

レオでさえ衛星次元魔法を使わずに攻略しようと思ったら、難儀しそうだ。帝国が魔法攻撃をしている位置からでは、城門を傷つけるのは難しいだろう。

籠城《ろうじょう》側は、他にも様々な魔法防衛設備が使える。

これは、攻城用の大型魔法兵器を用意していないらしい遠征軍に対して有利な点だ。

午後になって日が傾きかけても、同じような攻防が続いていた。

遠距離からの魔法と弓の打ち合いは、一進一退に見える。

レオ達三人は、変わらず防壁の上から帝国兵の動きを見ていた。

「どちらもよく戦っておるのぉ」

感心して頷くトルドゥスに、レイモンドは抑揚のない声で応えた。

「いや、学院長。これはまだまだ様子見ですね」

「ほう？」

「ええ、どちらも適正な距離になっていませんね。攻撃が最大威力を発揮する間合いに入っていないんです。もちろん、こちらは動けませんから、間合いを決めているのは帝国側です」

「まだ戦力を温存していると？」

「おそらく」

トルドゥス学院長よりも冷静な戦況分析だった。

レイモンドの実家があるバスール領は帝国に面しているので、帝国との戦闘は常に頭の中にあったのかもしれない。

レオも事前にベルナーから、フーバーについて情報を得ていた。

「フーバーは城攻めの名人だと聞いています。このまま手をこまねいていないで、何か策を講じてくることでしょう」

「オルレアンの防壁を魔法攻撃で撃ち抜く方法があるんだろうね。きっと」

レイモンドも、レオの意見に同意を示した。

「ふうむ……そうじゃな」

トルドゥスが険しい表情で頷く。

オルレアンの防壁の突破。

自分ならどうするか、とレオが考えていたその時だった。

突如、帝国の魔法部隊が二手に分かれ、後方に下がりはじめた。

「何をする気じゃ？」

「さあ？　遠すぎて分かりませんが、そろそろ日も暮れるので、攻撃を止めるつもりでしょうか？」

レイモンドも首を傾げた。

夜になると敵味方の区別がつきにくく、遠距離攻撃の命中率も下がるので、大抵の場合は攻撃が中止される。

この間、防衛側も休息できるのだ。

今日はこれまでかと、三人はようやく一息ついた。

ところが……

「学院長！」

敵陣に何かを発見したレイモンドが、鋭い叫びを上げる。

「む⁉　あれはなんじゃ？」

トルドゥスも気がついたようだ。

「敵の魔法部隊が後ろに下がった後に……人が出てきた？　いや、人ではない。何かもっと巨大なものが動いているようじゃ」

「なんでしょうか？　長方形で平べったいものに見えますが……」

レオはアーティファクトの望遠鏡を取り出して、二人が指差す方向を確認した。

「学院長が言った通り、アレは人です。そして引きずっているのは……巨大な剣だ！」

「な、なんじゃと？」

「そんなバカな！」

レオの発言にトルドゥス学院長とレイモンドが反論するのは無理もない。

遠目で見ても、あれはとても人が扱えるような大きさではない。ちょっとしたビルくらいの巨大な物体だったのだ。

そしてそれを引きずっているのは、他ならぬ七魔将のフーバーだった。

「アレが剣だとして、あんな馬鹿でかいものをたった一人で、どうやって引きずっておるんじゃ？」

「しかし、形状は本当に剣に見えます。重さは一体、何キロ、いや何トンあるんだ？」

その直後、望遠鏡を覗くレオが息を呑む。

フーバーが、ハンマー投げのごとくその巨大な剣をグルグルと回し始めたのだ。

最初は地面を引きずるように、やがて回転速度が増し、だんだんと剣の角度が上がっていく。

「どうしたんじゃ？　あれは何をやっておる？」

トルドゥス学院長が問い質すが、レオはそれどころではない。

あの剣をどうするつもりか――誰でも簡単に予想はできるが、信じることができない。

フーバーは今や巨大な鉄の竜巻と化している。

そして、それを投げた。

レオはその場の全ての音をかき消すほどの大声で叫んだ。

「この場から逃げろおおおおおぉ！」

レイモンドはトルドゥス学院長の首根っこを掴んで走り、レオも反対方向に逃げた。

人間という比較対象を失ったソレが空を飛ぶ。

加速度的に大きくなって、オルレアンの防壁に向かってくる。

最初は消しゴム大に見えたものが、馬の大きさ、大型バスの大きさ、ついにはビルほどの大きさになってオルレアンの防壁に当たった。

さっきまでレオ達が立っていた部分は、跡形もなく崩れ去っていた。

瓦礫《がれき》の山に刺さっているのは、剣と呼ぶにはあまりにも巨大な鉄塊《てっかい》。

「オルレアンの防壁が……」

トルドゥスはレイモンドに抱えられたまま呆然《ぼうぜん》と呟く。

防壁上の通路は分断され、橋が落ちた谷のようになっていた。

レオは向こう側にいるレイモンドとトルドゥスに叫ぶ。

「また来るぞ！　逃げろおおおおおお!!」

巨大剣が空を飛んでは、オルレアンの防壁に突き刺さり、粉々に破壊していく。

これでは防壁の意味がない。籠城など不可能だ——防衛側の誰もがそう思った時だった。

「オルレアン内にいるものに告ぐ！」

帝国軍から大音響の声が聞こえてきた。

野太い男性の声だ。おそらく魔法で拡声しているのだろう。

「俺は帝国第二軍の将軍、フーバーだ。諸君らが頼みとする防壁は破壊された！　明日、正午までは攻撃しない！　戦いたくないものはそれまでに退避せよ！　繰り返す！　オルレアン内にいるものに告ぐ――」

6

夜――開戦前に学院長室に集まった面々が、防壁にほど近い教会に集まっていた。

「市民のみならず、兵士達もフーバーが作った穴から勝手に逃げ始めた」

防衛の指揮をしているバルザックが苛立ちを露《あら》わにした。

「やはりフーバーはマリー氏などどうでもいいのだな」

グランは疲れ切った様子で眉間を押さえる。

「オルレアンを落として駐留すれば、どうとでもなると思っているのでしょう。そして、我々の敗北は帝国の一強時代の始まりになる」

ザルバックはそう言って、部屋の隅で佇《たたず》んでいるレオに視線を向けた。

「……もう、頼みの綱はレオくんしかない」

「はい」

レオはそう返事をしたきり、しばらく黙り込んだ。

フーバー相手にどのように魔法戦を挑めばいいのか、考え続けているのである。

帝国兵十万の目がある中で、衛星次元魔法は使いたくない。

だが、リボルバーかファイアキャノンくらいであっさり勝てればいいが、そうはいかないだろうということは想像に難くない。

「それにしても、フーバーはあのような巨大な剣をどうやって飛ばしたのでしょう……」

アイリーンは心配そうにレオを見つめる。

「確かに気になりますが、考えても分かりませんからね。まあ、出たとこ勝負でやるだけですよ」

レオが肩を竦めたちょうどその時、教会に一人の少女が入ってきた。

獣人姿のルナである。

彼女は両手に抱えていた鎧を無造作《むぞうさ》に地面に置いた。

「レオに言われたとおり、帝国兵を何人か眠らせて取ってきたよ。レオのサイズはあるけど、ベルナーが着られるのはあるかなあ」

「彼女は？」

ザルバックが問いかけた。

「ルナ。僕のパートナーです。今夜中に、俺とルナとベルナーの三人でオルレアンを出て、帝国の陣に紛《まぎ》れ込みます。夜が明けたら攻撃が始まる前に……フーバーをやります」

三人だけにその任務を負わせるのは気が引けるが、他に手はないのだ。だから、この場にいる全員が頷いた。

「よし。頼むぞ」

◆◆◆

「この鎧、小さいなあ。ネメアの鎧じゃないと、なんか調子悪いぜ」

ベルナーは窮屈《きゅうくつ》そうに肩や首を回して鎧の具合を確かめる。

レオは今、ルナとベルナーを伴って、フーバーが作った穴からオルレアンを抜け出していた。

ルナが手に入れてきた鎧を着込んで、帝国の陣地に向かっているのだ。

「仕方ないだろ。お前ほどデカい奴は帝国兵の中にもそんなに多くない」

「まあ、戦闘に関しちゃ、この魔剣ティルフィングがあれば文句はないけどさ」

そう言って、ベルナーは背中の愛剣を軽く叩く。

さすがに一兵卒が持つには立派すぎる剣なので、今は布きれを巻いて覆い隠している。

「ところでベルナー。お前、フーバー将軍の秘密を知らないか？」

「秘密？」

「あんな馬鹿でかい、もはや剣とは言えない鉄塊をポンポン投げてくる秘密だよ！」

「あ〜、分かるぜ、多分！」

「多分って、マジかよ⁉」

ベルナーがもたらす情報への期待で、レオの顔が輝く。

「見りゃ分かるさ。とんでもない馬鹿力《ばか》なんだろう？」

こいつに聞いた自分が馬鹿だったたと、頭を抱えるレオだった。

魔法戦は欺《あざむ》き合い。切り札となる己の魔法の秘密をみすみす話す者などいない。それが帝国の魔将ほどの人物ならなおさらだ。


三人は街道を逸《そ》れて、帝国軍の宿営地に入る。

帝国兵に扮《ふん》しているのだから、堂々と歩いたほうがそれらしいと三人は判断した。

「おい、お前ら！　どこに行くつもりだ！」

並んで歩く彼らに、帝国兵が声をかけてきた。

しかも、一般兵よりも上級な士官の装備を纏っている。

マズい、夜中に出歩くのは不自然だったか――と、レオは内心で舌打ちしていると、ベルナーが一歩前に出て、巨体に似合わずヘコヘコ頭を下げた。

「へへ。近くの村に女でもいる酒場がないかなあと思いましてね～」

「ふっ、仕方ない奴らだな」

暗くて顔がよく見えないせいもあるだろうが、味方だと信じ込んだ帝国兵は、表情を和《やわ》らげた。

「将軍は明日にはオルレアンを陥落させると言っている。それまで女は待てって話だ。処罰されるぞ。見なかったことにしてやるから、早く戻れ」

「す、すみませーん。おとなしく寝ます」

三人はそそくさと立ち去った。

ほっと胸を撫で下ろしたレオは、小声でベルナーに聞いた。

「よくあれで誤魔化《ごまか》せたな」

「まあな。オフィーリアさんの帝国第五軍だったら、軍法会議どころか処刑ものだぜ。だが、そこはフーバー将軍さ。軍規で縛《しば》りつけるよりも、本人の豪放磊落《ごうほうらいらく》な性格で兵隊を束ねているから、帝国軍の中じゃおおらかなんだ」

「なるほど……そういうものなのか」

日が暮れる前にレオが衛星アーティファクトから宿営地の配置を確認していたので、三人は下級兵士のテントが集まっている場所に迷わず辿《たど》り着いた。

レオはジェスチャーで喋るなと合図してから、見張りの目を盗んでテントの一つに忍び寄る。

中を覗き込むと、ちょうど三人の帝国兵が寝ているのが見えた。

「よし、この三人にはこのままずっと寝ていてもらおう」

レオは懐に忍ばせていた小袋から、強力な催眠《さいみん》作用があるスリプ茸《たけ》を粉末化したアーティファクトを取り出し、三人を深い眠りに誘《いざな》う。

これで、彼らは丸一日何をされても目を覚まさないだろう。

眠る兵士を乱雑にテントの隅に追いやり、レオはベルナー達を中に招き入れた。

「明日、俺達はこの三人になる」

ベルナーもルナも理解したようだ。

「そして、将軍に近づくチャンスを探って……」

「にゃっ！　やるんだね」

三人は交代で仮眠をとり、決戦に備えた。

夜が明け、空が白みはじめた頃、伝令の馬がテントの間を駆け抜けた。

「集合！　集合！　将軍から訓示がある！　将軍から訓示がある！」

眠っていたレオも目を覚ました。

「集合！　集合！　将軍から訓示がある！　将軍から訓示がある！」

ルナが首を傾げてレオに聞いた。

「訓示って何？」

「おそらく、兵士を一堂に集めて士気を高めるような演説でもするんだろう。フーバーは今日オルレアンを陥落させるつもりらしいからな」

ベルナーが大きな欠伸をしながら起き上がる。

「ふぁ〜。なら、早くその集合場所に行かないとな。眠らせた帝国兵は物資とシーツで簡単に隠しておこうぜ」

二人は頷いた。

テントの外では、上官らしき男が叫んで部下を誘導していた。

「全員、向こうの広場に集まれ！　将軍からの訓示があるぞ！」

他のテントから出てきた兵は、皆キビキビと男が指差した方に向かっていく。

レオとルナとベルナーも、人の流れに乗って足早に移動する。

オルレアンから少し離れた平原には、多くの帝国兵が集まっていた。

レオも誘導に従って整列する。ベルナーやルナとはやや離れた場所だ。

広場の前方は少し高い演台が設けられており、そこにはフーバー将軍が座っていた。

そのすぐ後ろには、昨日城壁を破壊した例の剣よりは小さい……と言っても、小型バスほどはある剣がそびえ立っていた。

おそらく、あれは投擲《とうてき》用ではなく、近接戦闘で用いる彼の武器だろう。

今日の突撃には将軍も加わるのかもしれない。

やおら立ち上がり、フーバーが口を開いた。

「大イグロス帝国の兵士諸君！　時は満ちた！　バッカド教国の権威にはもはやカビが生えている！　女神ナリアの加護があるのは、まさに我が帝国だということを、今日存分に証明してやろうではないか！」

魔法で拡声されているとはいえ、野太く、威厳に満ちた声。

――オオオオオオオ！

帝国兵達が雄叫びで応える。

どうやらフーバーの演説は、世界宗教であるナリア教の本山を攻撃することをためらっていた兵士に向けたもので、彼らの抵抗感を消しているようだ。

それは、非常に上手くいっていた。

もちろん、たった一人でオルレアンが誇る防壁を破壊するフーバーの強さあってこそだが。

三分ほど続いた訓示の最後に、フーバーが付け加えた。

「それでは諸君、これからオルレアンに突撃するわけだが……その前に」

突然何を始める気かと、身構えるレオ。

「初戦で死んだ帝国の勇士を弔《とむら》って、十の号令とともに黙祷《もくとう》を捧げる！　全員、天に向かって黙祷！」

「？」

——昨日の小競り合いで帝国側にそれほど犠牲者が出たようには思えないが、これがフーバーのやり方なのだろうか？　レオは疑問を抱きつつ周囲を窺う。

「十！　九！」

帝国の兵士達は揃って上を向き、目をつぶっていた。

レオは帝国での祈りの習慣を知らないので、見よう見まねであたりの兵士達の所作《しょさ》に合わせる。

レオが薄目を開けて確認すると、ルナとベルナーの二人も上手いこと帝国兵のフリができていた。

「……七！　六！　五！」

フーバーの号令は続く。

だがそこで、異変が起きた。フーバーが五と言った瞬間に、全ての帝国兵がサッとしゃがんだのだ。

薄目を開けていたレオも、これに気がついて反射的にしゃがむ。だが、ルナとベルナーの二人だけは棒立ちしたままだった。

上を向いて目をつぶっていたから、分からなかったのである。

罠だった……。フーバー将軍が数えるのをやめたことで、ルナとベルナーも周囲の状況に気がついたようだ。

「あっ！」

「げっ！」

全ての帝国兵士の目が、ルナとベルナーに集まっていた。

二人はもはや、帝国兵の大海に浮かぶ小島だった。

フーバー将軍が叫んだ。

「その二人を捕らえろっ！」

直後、ベルナーとルナに帝国兵が殺到する。

ベルナーはすぐさま剣を抜いて、向かってくる兵士を五人ほど斬り倒す。

ルナもベルナーの方に駆け抜ける。

その進路上に立ちふさがった兵士二人が、たちまち首から血を噴き出して倒れた。

レオが一瞬垣間見《かいまみ》たベルナーとルナの目は、「早く、フーバーを殺《や》れ！」と訴えかけていた。

レオは標的にされていないので、この混乱に乗じて一気にフーバーに近づける。

ルナとベルナーはお互いの背を守りながら、しばらく耐えるつもりのようだ。

だが、帝国兵にも強者《つわもの》は多い。魔法使いだっている。いくら二人が強いと言っても、そう長くは保《も》たないだろう。

二人に殺到する兵士をかき分け、レオは真逆の方向に走る。

目指すは壇上のフーバー。

流れに逆らって走るレオに気づき、フーバーが身構える。

「ん!?　キサマ！」

だが遅い。

レオの魔力集中の速さは、常人をはるかに上回っている。レオは巻き添えを最小限にするために、壇上に立つフーバーと同じ高さに跳躍《ちょうやく》する。

将軍の護衛がレオの存在に気がつくのとほぼ同時に、レオはレーザー状の火炎魔法を放った。

「ファイアキャノン！」

護衛の誰もが、自らの失態に顔をしかめる。この攻撃でフーバーは殺《や》られると確信したのだ。

だが、レオだけはそう思っていない。

彼の目には炎のレーザーを受ける瞬間、フーバーが笑ったように見えた。

そして、その笑顔が鋼鉄の大柱に隠れた。

ファイアキャノンの射線に超大剣が現れて、フーバーを守ったのだ。

レオは着地しながらその超大剣を仰《あお》ぎ見る。——こんなものを持てる、いや操れる人間がいるのか?

だが、フーバーはそれを軽々と肩に担《かつ》いで笑った。

「フハハ！　まさか少数で俺の首を狙いに来るとは、たいした度胸だ！　俺が帝国の七魔将ということは知っているだろう！　お前の名を聞こうか!?」

「ここで死ぬ奴に名乗る名はない！」

護衛の一部がフーバーを守るために展開し、残りの者がレオに殺到する。

「賊《ぞく》め！」

だが、フーバーはレオの周囲に群がった兵士に超大剣を叩きつけてなぎ払う。

大剣が当たった兵士達は、小石のように軽々と弾き飛ばされた。

地に伏した兵士達は呻《うめ》き声を上げていて、死んではいない。フーバーが味方に加減したのだろうか。

「こいつは俺の獲物だ」

帝国兵はピタリと動きを止め、やがてレオとフーバーの周りから離れていく。

レオは内心冷や汗をかいていた。フーバーの超大剣が直撃すれば命はない。フーバーはその超大剣を、短剣と同じようなスピードで振ることができるのだ。

レオの魔法すらコンマ単位の魔力集中は必要だ。魔法が先に発動してフーバーを倒せたとしても、大質量の剣の勢いを止められる保証はない。

すでにレオは、フーバーの剣の間合いまで数歩のところまで来ていた。

――どうする？

レオは考える。

間合いをとって衛星次元魔法で攻撃すれば一発だが、帝国兵十万の目がある。裁きの日を起こしたのが自分だとバレてしまう。

無音の霧《サイレント・ミスト》なら秘匿《ひとく》性は高いが、日光で無毒化するように制限を課しているので、野外では使えない。仮に使えたとしても、帝国兵を殺しすぎてしまう。

レールガンは強力だが、帝国兵の武装に似つかわしくないので持ち込んでいない。

今レオの手元にあるのは、リボルバー銃のみだ。しかし、フーバーの秘密を暴かなくては、無駄撃ちになる気がした。

フーバーの秘密……

彼はそもそも、帝国七魔将。魔法戦のエキスパートのはずだ。

にもかかわらず、未だに魔法を見せていない。

城の柱のような超大剣を振り回し、ぶん投げて戦うだけだ。

だが、その超大剣は大軍をなぎ払い、オルレアンの壁をぶち破り、レオの魔法を防いだ。

もしフーバーがベルナーと同じように、魔法的な訓練で身体能力を強化した特殊な戦士だったとしても、このような巨大な剣を軽々と振り回すことなどできるのだろうか？

「魔法戦……まさか！　こいつは⁉」

レオはリボルバーを取り出してフーバーに向ける。

――ダンッ！　ダンッ！　ダンッ！

――ギンッ！　ギンッ！　ギンッ！

「無駄無駄！」

フーバーは、レオがリボルバーを向けるのと変わらぬ速度で超大剣を斜めに構えると、自分の身をすっかり隠してしまった。

鉛玉《なまり》三発は虚しく弾かれた。

「面白い武器だが、その程度の飛び道具で俺が倒せるものか！」

――ダンッ！　ダンッ！

――ボォンッ！　カキンッ！

炎系の爆発弾も氷系の氷結弾も、鍛《きた》えられた魔法金属の刀身の前には無意味だった。

六連式の最後の弾が発射される。

数々の激戦をくぐり抜けた帝国七魔将としての直感だろうか、フーバーは〝最後〟を感じて薄く笑った。

しかし、それはレオも同じだった。

――ダンッ！

「無駄だと――⁉　があああああああ」

フーバーが超大剣を落とした。

轟音《ごうおん》とともに、地面にめり込む超大剣。

レオは悠々《ゆうゆう》とリボルバーを懐にしまう。

「お前、それは⁉」

「最後のはアンチマジック弾だ。着弾した対象の魔法効果を打ち消す。お前は五トンはありそうなその剣に重力魔法をかけて軽くしていたんだろ？　珍しいな、重力魔法とは……」

「ぐっ」

そう、フーバーは既に魔法戦を仕掛けていた。

重力魔法という、魔法体系の中でも非常に珍しい系統の魔法使いだったのだ。オルレアンの壁をぶち破ったのは、彼の力でも物理攻撃でもない。

軽い剣をオルレアンの壁に投げつけ、ぶつかる瞬間に超質量の大剣に戻したのだ。

汗が一筋、フーバーの顔を伝う。

「やるな……だが、俺も帝国七魔将！　キサマごときに負けん！」

フーバーが超大剣を拾おうと手を伸ばす。

だがレオは、その動きをブラフと読んでいた。

フーバーは、レオがファイアキャノンをほぼ瞬時に放てることを知っている。その相手に対して、超大剣を軽くしてから拾い上げて身を守ったのでは遅すぎる。

あれほど重い物体に重力操作するのであれば、それなりに時間もかかるはずなのだ。

次の瞬間、レオの両足が大地にめり込む。

フーバーに向かって上げた手も、鉛のように重い。

しかし、魔力の貯めのない重力魔法の重さなら耐えられる。

「こうなると分かっていれば耐えられない重みじゃないぜ！　ファイアキャノン！」

レオが炎のレーザーを放つ。今度こそ完全にフーバーをとらえた。

「……見事だ。だが、我が第二軍の包囲から逃げ切れるかな？　先に地獄で待ってるぞ！」

フーバーがニヤリと笑って、息絶えた。

同時に重力魔法が解け、レオの体が軽くなる。

「しょ、将軍が……誰かこいつらを捕らえろ！」

副官らしき者が大声で命令を下す。

だが、兵士達に広がった動揺はもはや抑えられない。

フーバーさえ仕留めてしまえば、目的は達したと言える。それに、帝国兵の中にレオ達を止められる者はいないだろう。

レオは炎系の爆発魔法を適当に地面に放って、周囲に土煙をあげる。

「ルナー！　ずらかるぞー！」

不用意に皇子であるベルナーの名を叫ぶことはできないが、ベルナーも気がつくはずだ。

ルナはベルナーの背中を守る位置から、すぐにレオの傍に走ってきた。

「俺とルナ、ベルナーの二手に分かれて逃げよう」

「うん！」

レオはルナと一緒に逃げながら、リボルバーに弾を込める。

そして天に向けて撃った。

それは炸裂《さくれつ》音とともに、空中に鮮やかな色の火の花を咲かせる。

「おっと」

近くに迫ってきた帝国兵に気づいたレオは、花火弾の直撃を食らわせる。

弾は帝国兵を吹き飛ばし、大地に火花を散らす。

帝国兵はレオのオリジナル魔法だと勘違いして一瞬怯《ひる》んだが、所詮はただの花火だ。

フーバーを失ったことで動揺して戦意を失う者は多かったが、一方で怒りに燃える士気の高い者も数え切れない。

我に返った帝国兵が、レオやベルナーに殺到していく。

「くっ。これ以上加減してたらこっちが……」

レオの左目の視界が、自動的に遥か上空からのものに切り替わり、近くの帝国兵百以上が一斉にマーキングされる。

やはり、衛星軌道《きどう》からの魔法攻撃が発動してしまうのか。

レオにその意思がなくても、彼の身が危機に晒されれば、衛星アーティファクトは自動攻撃を始める。

そして、一度発動してしまったら、もう……

この禁断の戦闘システムによる虐殺がきっかけで、レオは地下室に篭もって暗鬱《あんうつ》とした不毛な十年間を過ごすことになったのだ。

レオは走りながら、いつも持ち歩いている星型のアーティファクトを取り出して握りしめる。

昔、獣人の子供がくれたこの不格好なアーティファクトは、レオの心に平穏を与えてくれるのだ。

なんとか不安を抑え、衛星アーティファクトが発する警告を解除しようと堪《こら》える。

だが、確実に限界が近づいていた。

攻撃を連続して受ける状況では、魔法どころか単純な物理攻撃でも命を失いかねない。

それでも、レオはルナと連携している分マシだ。

ベルナーは二人よりはるかに深刻な状況だった。

既に帝国兵に囲まれて、足を止めている。

「ぐっ。ってーな！　この野郎！」

魔剣を振るうベルナーが、背中を斬られたのが見えた。

今の彼は帝国一般兵の鎧を身につけており、いつもと違ってネメアの鎧の防御力を当てにできない。

——たとえ帝国に力の秘密が漏れても……呪われたシステムを使うことになっても……ベルナーを失うよりマシだ。

レオの思考が、明確な形を取りはじめた。

その時。

——ウオオオォォオッ！　キンッ、ギンッ！

戦場に一際《ひときわ》大きな怒号と喧騒が響き渡った。

気がつくと、帝国兵とは違う意匠の鎧を纏った兵士が陣地に突撃しはじめていた。

「レオくんっ！」

少女の声が、レオを現実に引き戻した。

「クラリス」

軽装の鎧を身につけた縦ロールの少女が、駆け寄ってくる。

「兄さんも来てくれたから、もう大丈夫よ」

どうやらレオの花火——作戦の成功の合図——を見て、ザルバックが聖女神騎士団を率いてオルレアンから討って出たらしい。

よく見れば、聖女神騎士団だけではない。

見慣れた制服とマントを纏った一団が、レオ達を守るように取り囲んだ。

「アンナ……それにエマも……」

「……助けに来たよ」

戦場においても、独特のゆっくりした喋り方を崩さないネクロマンサーの少女。

「レオでもピンチになるんだね」

エマも笑った。

「当たり前だろ」

皆が来るのが遅かったら、レオはまた引き篭もらないといけないほどの重荷を背負うところだったのだ。

「いつも〝俺はなんでもできるぜ〟って顔してるレオが、あっさり認めちゃったよ。相当ピンチだったの？」

「いや、俺じゃなくて、ベルナーがな」

レオは少し恥ずかしくなって、ベルナーのせいにした。

「あ。いつものレオに戻った。でも大丈夫だよ。ベルナーのところにはイザベラさんやアイリーン先生も向かったから」

「そうか。じゃあ、俺らも騎士団を助けてもう一暴れするか」

「うん！」

レオは衛星次元魔法ではない、通常の魔法を使って突撃を支援する。

フーバーを失った帝国軍は浮き足立っていた。指揮系統は混乱し、残った現場指揮官が独断で退却指示を出しはじめていた。

「退却！　退却ーッ！」

クラリスのところにも聖女神騎士団の伝令がやってきた。

「混乱して襲ってくる兵だけを討って、逃げる兵士は追うな、ですって」

レオやR3クラスの仲間も頷く。

レオが、まだ残っている帝国軍の鼻っ面《つら》を掠《かす》めるように魔法を放つ。

「ファイアキャノン！」

大地がえぐれ土煙があがった。

アンナが死霊術の魔法詠唱をはじめると、既に死んだはずの兵士が起き上がり、たちまちアンデッド軍団が形成される。

「ぐわー、ゾンビが出たぞ。ネクロマンサーだっ！」

「討てるか!?」

死体がいくらでも手に入る戦場において、ネクロマンサーは脅威《きょうい》である。帝国兵もすぐに術者を押さえようと動くが、R3クラスの生徒に阻《はば》まれて近づけない。

「無理だ。護衛が強いっ」

「退却っ！　退却っ！」

ネクロマンサーの存在も、帝国軍の瓦解《がかい》を十分に後押しした一因である。

ついに、最後まで踏ん張っていた帝国の部隊も退却しはじめた。

ザルバックは聖女神騎士団の魔法騎馬隊を率い、自軍の損耗《そんもう》を防ぐため適度に距離を置きながら帝国兵を追い立て、さらには補給物資の集積場を魔法攻撃で焼いた。

十万の大軍が補給物資を失えば、一日たりともまともに戦うことはできないだろう。

帝国軍はバラバラに散って、戦意を失ったように見える。

「勝ったのか……」

レオが呟く。

気がつくと、レオの隣にはマリーがいた。

「うん。勝ったんだよ。ありがとう……兄さん……」

衛星次元魔法で帝国兵を全滅させ、家族を失った十年前とは明らかに違った。

仲間の力を借り、両軍の被害を抑えて、マリーを守ったのだ。

戦後、ザルバックの調査によれば、街壁の崩壊で数十人の死者が出たが、突撃による戦死者は極めて少なかった。

こうして、帝国第二軍によるオルレアン侵攻は、帝国軍が全面撤退することで、バッカド教国の勝利に終わった。

◆◆◆

オルレアン攻防戦から二週間が過ぎていた。

バッカド法皇は、早速イグロス帝国に非公式なルートを使って停戦交渉を申し入れた。

しかし、帝国はにべもない返答をした。

「当国と貴国とは平和友好条約を結んでおり、今回の件はフーバー将軍が勝手に起こした軍事行動である」というのだ。

帝国——つまり、主権者である皇帝カールは関知していない。むしろバッカド教国のほうが帝国の平和の意志に疑義を差し挟むのかと言わんばかりの内容だった。

「完全に我々を舐《な》めている！」

聖女神騎士団団長ザルバックは、怒りにまかせて学院長室の机を叩いた。

ここはバッカド教国の法皇に近い、枢機卿《すうききょう》であるトルドゥスの部屋ということもあり、オルレアン攻防戦の作戦を立てる際に使われた。

今も、バッカド教国の軍事に携《たずさ》わる主要なメンバーが勢揃いしている。

オルレアン攻防戦で、大きく余力を残した騎士団がなすべきことは決まっていた。

レイズン皇子が率いる帝国第五軍に打撃を加えるべく、オルレアンから討って出ることである。

帝国の言い分に従えば、ベルン王国を攻めている軍は帝国の意思とは無関係——つまり、討たれても文句はないとも言える。

また、孤立無援だったオルレアン攻防戦と比べれば、今回は圧倒的に勝算が高かった。

帝国第二軍が敗走したことで、流れは同盟側に傾いている。フランドル王国としても、この機を逃す手はないはずだ。

ベルン自体も決して国力の小さな国ではない。

さらに帝国がベルンを攻めるためには、フランドル王国のバスール領を通り抜ける必要がある。

レイズン皇子率いる帝国第五軍は、敵地深くを進軍しなければならないのだ。

補給すら困難な敵地の中でベルン王都を攻める帝国兵を背後から突いて挟撃《きょうげき》すれば、勝機は十分である。

しかし、ザルバックは苛立っていた。

「なぜフランドル軍は帝国軍を叩かないのか！」

「す、すみません」

ザルバックに謝ったのは、レイモンド生徒会長だった。

再びここで軍議が開かれることになった理由は、彼である。

「い、いや君を責めているわけではないのだが」

「親父も、フランドルの中央に再三使者を送っているんですけどね……」

レイモンドの父こそ、バスール領主ロベルト伯だった。

ロベルト伯は、帝国の横暴《おうぼう》を許せば今後どうなるかという意見を中央に送ったらしいのだが、返ってきた指示は〝静観せよ〟というものだった。

フランドル王国は、帝国がベルン王国に突きつけた〝犯罪者ルドルフの参考人であるクリスティーナを引き渡せ〟という要求を黙認したのだ。

つまり、フランドル王国は同盟国を見放したということでもある。

ザルバックにはそれが信じられなかった。

「我々で帝国軍の背後を突けば、腰抜けのフランドル王も腰を上げるはずだ」

超大国の軍を軍事力に乏《とぼ》しいバッカド教国が退《しりぞ》けたというのに、帝国に唯一対抗できる大国が早々に白旗《しろはた》を上げかけているのだ。

ベルンの王都バレンは、レイズン皇子が率いる帝国第五軍の猛攻に晒されていた。

ザルバックは聖女神騎士団がいつでも出撃できるように態勢を整えた上で、フランドル本国から国内の通過許可が出るのを待っていた。しかし——

「フランドルがあの体たらくでは、ベルンを助けに行くことができぬっ！　しかも、帝国軍は通して聖女神騎士団の通り抜けを制限するとは！」

「すみません。返す返すも……」

「い、いや君のせいではないのだ。しかしなあ……」

聖女神騎士団がベルンの王都を救援に向かうにも、バスール領を通らなければならなかった。他のルートは砂漠や険しい山、あるいはモンスターが出る森など、進軍には不向きな地形ばかりである。

そして、ザルバック以上に焦燥《しょうそう》感に苛《さいな》まれているのはレオとマリーだった。

レオの焦りは、マリー以上だったかもしれない。

十年会っていないクリスティーナが、帝国に拘束されようとしているのだ。

彼としては一刻も早くベルンに向かい、帝国軍に衛星次元魔法の光の柱を落としてやりたかった。

固く握りしめたレオの拳を包み込むように、マリーが手を重ねる。

「落ち着いて。レオ」

「あ、あぁ……ありがとう、マリー」

レオが一人で行って衛星次元魔法を使ったら、十年前の悲劇の二の舞になりかねない。

それこそ、クリスティーナが最も望まないであろうことは、レオにも想像できた。

ベルン王国からは、既に援軍要請が来ている。

焦る気持ちと裏腹に、時間だけが流れていく。

「伝令です！」

聖女神騎士団の兵士が、学院長室に駆け込んできた。

ザルバックが色めき立つ。

「おお！　フランドルからついに通過許可が出たか!?」

「それが……」

兵士は、この場に集まった面々の顔色を窺って言い淀む。

「どうした、早く言え」

ザルバックが促す。

「ベルンは全面降伏して、クリスティーナ王女の引き渡しに応じるそうです」

「な、なんだと……」

「ベルンには引き渡しの準備期間として、十日間の猶予《ゆうよ》が与えられるとのことです」

ザルバックをはじめ、誰一人として返答しなかった。

お調子者のベルナーですら、レオとマリーにかける言葉がないようだ。

重苦しい空気の中、グランが最初に口を開いた。

「聞いてのとおりじゃ。フランドルが沈黙し、ベルンが降伏した以上、聖女神騎士団はもうどうすることもできぬ」

ここにいる皆とともに援軍に参加してベルン王都を囲む帝国兵を蹴散らし、王都に入る――レオが思い描いていた展望はなくなってしまった。

それからも、伝令は細かい情報を報告してきた。その中には、クリスティーナの意志に関する情報もあった。

「ベルン内部では王をはじめとして抗戦を唱える者も多かったのですが、王女自身が身柄の引き渡し要求に応じたとのことです」

国民を戦火から守ろうとしたのか、自暴自棄《じぼうじき》になったのか、とにかくクリスティーナは帝国に行くと決めてしまったのだ。

誰も口にはしなかったが、これ以上議論を続ける意味はなかった。

会議は自然と解散した。

7

その後のレオの落ち込みぶりはひどかった。

まるで引き篭もり時代に戻ってしまったかのようだ。

着々と修理が進むオルレアンの防壁の外で、一日中ずっと一人で座り込んでいた。

いつも陽気なベルナーでも遠慮して声をかけられない。

たった一人の兄妹であるマリーですら無理。

食事もとらないので、心配したルナが果物だけでもとレオに運ぶが……

「母さん……」

レオが星を見ながら呟く姿を前にすると、ルナは黙って見守ることしかできなかった。

アンナやジャクリーヌ、エマ、それにウェステやクラリスも壁の修復や炊《た》き出しを手伝いながら、時々レオを見ていたが、誰も声をかけられない。

彼女達の中にはベルン王女がレオの母であるという家庭事情を知らず、ただ友人であるマリーの母親を助けたいからだと思っている者もいる。

それでも、レオのただならぬ様子に気が引けてしまったのだ。

皆が憂鬱《ゆううつ》な雰囲気《ふんいき》に沈み込んでいる中、なんとも場違いな笑顔の男がやってきた。

生徒会長のレイモンドである。

レイモンドは、レオの傍に立っていたマリーに声をかけた。

「えええええ!?　本当ですか!?」

突然、大声を上げるマリー。

レオは彼女が近くにいることにも気づいていなかったが、驚いて声がした方を振り返る。

マリーはレイモンドの手を取って、しきりに感謝していた。

状況が分からず呆然とするレオの目の前に、マリーがルナを連れてやってきた。

「レオ！　お母さんを取り戻せるよっ！」

マリーの明るい声が響く。

「……はぁ？」

レオはマリーの言葉の意味を呑み込めず、首を傾げる。

戦争は終わったのだ。

今や帝国第五軍に打撃を与えようと動く勢力はない。

どれだけ帝国が理不尽《りふじん》であっても、今帝国に楯突《たてつ》いたら世界中を敵に回してしまうだろう。

レオは座ったまま投げやりに返した。

「そりゃ、やろうと思えばできるさ。衛星次元魔法で帝国兵を……なぎ払ってな。でも、それじゃあ母さんは……」

レオがその気になれば、たった一人で一軍を壊滅させることができる。だが、それを実行してしまったがために、クリスティーナはレオとルドルフのもとから離れていったのだ。

それに帝国兵を多く傷つけたら、帝国はもとより、どこかの国や騎士団が難癖《なんくせ》をつけてくるかもしれない。

しかし、マリーはそんなレオの反論をものともせずに続けた。

「衛星次元魔法を使わなくても救出できるって言ったら？　しかも、帝国軍にも大きな被害を与えずに」

「え？」

帝国はそれほど甘くはないはずだ――レオは訝しむ。

「帝国本隊は未だにベルン王都を囲んでいるけど、少数の部隊が先にお母さんを帝国に移送するらしいの。本隊は、その後にベルンに戻るそうよ」

「なっ……!?」

思わず絶句するレオ。

「帝国はあえて本隊を長逗留《ながとうりゅう》させて、フランドルや、ベルンをはじめとした同盟国に優位を見せつけたいのね」

「マリー、どこでそんな情報を手に入れた!?」

そこへ、レイモンドが微笑みながらやってきた。

「やあ。ベルン王女は一週間後、少数の帝国兵に護送されながら密かにバスール領を通るそうだよ」

――そうだ、レイモンドの生家はまさにそのバスール領ではないか。

ならば、この情報の信憑性《しんぴょうせい》は高い。

レオはガバッと立ち上がる。

「少数ってどれぐらいですか?」

「機密だが、王女のお供の者を含めて、五十以下だと思う」

「五十以下……?」

確かに少数である。

レオやルナの実力なら、一人の人死《ひとじ》にも出さずにクリスティーナを救出できるかもしれない。

「ちなみに、レオくん。あくまでもこれは、僕の独り言としておいてくれ。そしてこのゴミも、拾って読んだらすぐに焼いてくれ」

レイモンドは、くしゃくしゃに丸めた紙をレオに投げる。

そこには、バスール領の地図と王女が通る道、詳しい日時が書いてあった。

「こ……これは! 独り言だろうがなんだろうが、ご実家に迷惑がかかりますよ? 会長の領地で事件が起きるのですから」

「気にしないでくれ。僕も帝国のやり方には腹を立てているのさ」

レイモンドはそう言い残して、振り向かずに去っていった。

ルナが嬉しそうに跳ねる。

「レオ、マリーちゃん！　またお母さんと一緒に暮らせるよ！　お父さんにも知らせて、一緒に助けに行こう！」

「あっ……」

レオはルナの言葉を聞いて、父親のことをすっかり忘れていたことに気がついた。

クリスティーナと最も親しい人物は、ルドルフである。

以前の――ことあるごとにルドルフに反発していた頃のレオなら、〝教える必要はない、俺達だけで助けに行こう〟と言って突っぱねただろう。

だがレオはこの半年あまりで変わっていた。もうかつてのレオではない。

クリスティーナの気持ちを考えれば、ルドルフとともに彼女を救うのが好ましいと判断できるようになっていた。

◆◆◆

レオとルナが魔導学院に通いはじめても、ルドルフはオルレアンにほど近いアングレ村の郊外にあるライオネット邸で、ひっそりと暮らしていた。

オルレアン攻防戦という大事件の最中、彼はどうしていたのか。

何もしていなかった。

深い地下室でいつものように魔法研究をしていたのだ。

レオには端《はな》から父親を頼る気がなかった。自分が本気を出せば、十年前のような虐殺という最悪の形であれ、マリーを守れると思っていたからだ。

一方、マリーの思いは少し違う。ルドルフが助けに来てくれたらどんなに嬉しいか——しかし、彼女はその思いを誰にも明かさず、しまい込んだ。

自分の身柄引き渡し要求をされている戦争に、彼を呼ぶことはできなかった。何より、帝国が本当に狙っているのは、マリーではなく、大賢者ルドルフなのだから。

ルナだけは必死に助力を頼んだが、ルドルフは一切取り合わなかった。レオ達にとって、帝国の脅威など取るに足らないものだと思っているのか、あるいは、子供達よりも自分の研究の方が大事なのか、ルナには分からない。

彼女はそんなルドルフの様子をレオとマリーには話さなかった。

どんな理由であれ、二人を傷つけると思ったからだ。

それでも、純粋なルナは、マリーを守り、クリスティーナを助けて、また家族が一緒に暮らせる日がこないかと夢見ていた。

だからルナはレオとマリーに提案し、皆でルドルフがいるライオネット邸を訪れていた。

「ルドルフさん！」

ルナはライオネット邸に戻るなり、ルドルフの研究室に駆け込んだ。

「ルナちゃん。マリーもレオも……」

ルドルフはルナの願いを断った時と同じように、相変わらずの無表情。レオはそんな父親を見て、何も言わなかった。

「お父様。お久しぶり」

どこか重苦しい空気の中、マリーは遠慮がちに微笑んだ。

「うん」

オルレアンの攻防戦の時にルドルフが来なかったのは、仕方がないのかもしれない。これまでの家族の関係や、彼が第一級魔法犯罪者に指定されたことを考えれば、当然ともいえる。だが、危機に面していた娘にせめて一言くらい何か言ってくれても良いではないか――マリーの中には、釈然としない思いがあった。

しかし、今はそれよりも優先すべきことがある。

ルナは気乗りしない様子のルドルフの顔を見て、不安を覚えながらも、クリスティーナが置かれている状況を説明した。

「お母さんを助けに行こう！　ルドルフさんも！」

世俗との接触を絶っているルドルフでも、帝国がバッカド教国首都オルレアンとベルン王都バレンに兵を向けたことは当然知っている。

そして、犯罪者になった自分の重要参考人として、帝国がマリーとクリスティーナの身柄を要求していることも。

しかし、クリスティーナ自らの意思により、ベルンが身柄引き渡しに応じたことは知らなかったのか、マリーがそれを伝えた時、ルドルフはわずかな動揺を見せた。

「でも大丈夫！　お母さんはえっと……えっと……」

ルナも懸命に訴えるが、諸国の状況を上手く説明できず、言葉に詰まってしまう。

それをレオが引き継いだ。

「帝国第五軍は、フランドルの同盟諸国を威圧するために、しばらくベルン王都を囲むらしい。母さんは軍の撤退よりも先にバスール領を通って帝国に入る」

ルドルフは無言のままメガネに手を掛け、位置を直した。

「お母さんがバスール領のどこをいつ通るのか、情報が――」

「……行かないよ」

レオに続いたマリーが全てを話し切る前にルドルフが遮った。

「え？」

クリスティーナを助けに行かないという答えに、マリーとルナは唖然とする。レオは半ば予想していたが、それでも声が怒気を帯びるのを抑えられなかった。

「なぜだ？」

「僕とクリスティーナは、もう関係がないからだよ」

なんの感情もなく、事実を淡々と述べるルドルフの言葉。日頃からルドルフを父親として扱っていないレオですら、ライオネット邸が急に冷え切った建物に変わったかのように感じた。

隣では、いつの間にか、マリーがポロポロと涙を流していた。

「ルドルフさんっ‼」

いつもルドルフの世話をして、レオよりも余程懐いているルナも、この時ばかりは声を荒らげた。

彼女がルドルフに本気で怒鳴るなど、この十年間で一度もなかったというのに。

しかし、ルドルフは何も応えない。

ルナはさらに何か言おうとルドルフに近づこうとするが、それは横から伸びてきた手によって止められた。

レオだった。

「……もういい。二人とも、行こう」

「で、でも」

「時間があまりないんだ」

レイモンドから聞いた日時は、差し迫っている。レオが言うとおり、ここでルドルフとやり合っている時間的余裕はないのだ。

「さあ、マリーも」

レオは肩を震わせるマリーを無理やり押し出すようにして、ライオネット邸の玄関を出た。

彼は一度もルドルフを振り返ることはなかった。


走行速度を飛躍的に向上させるアーティファクト——天馬の革靴を履いた三人が走る。

そのスピードは全力疾走した馬よりも速い。

三人は先ほどから会話もせず黙々と走っていたが、唐突にルナが口を開いた。

明らかに不満げな顔をレオに向けている。

「レオ！　どうしてお父さんを連れてこようとしたのを止めたの？」

「あの拒絶の仕方じゃ、何を言っても無駄だ」

「で、でも！」

納得がいかないルナは、頬を膨らませる。

レオはそんなルナをよそに、マリーの方をちらりと見る。

「マリーが言ってただろ？」

「え？」

心ここにあらずといった様子でずっと黙っていたマリーは、急に話を振られてキョトンとする。

誰からともなく、三人は足を止めた。

「何を？」

改めて、マリーはレオに問いかける。

「ベルン王宮に篭もっている母さんを引きずり出して、ルドルフの前に連れて行くって言ってたじゃないか」

「あ……」

「それを今やるんだよ。俺達で母さんを連れて来よう」

「そうね。そうかも」

冷めた態度のレオから出てきた意外な言葉に、ルナの顔が明るくなる。マリーの顔にも微笑みが戻った。

レオは照れくさそうに頭を掻きながら、マリーに笑いかけた。

「マリーは地下室に篭もっていた俺を引きずり出してくれたじゃないか」

「弟のくせに生意気なんだから」

再び三人は走り出す。

マリーとルナも納得したらしく、晴れ晴れとした表情だ。

しかし、彼女達を説得したレオ自身の思いは複雑だった。なぜなら、かつての自分の経験とルドルフの今の状態を重ね合わせて見ていたからだ。

もし、マリーがレオにしたように、クリスティーナがライオネット邸を訪問して、こうなる前にルドルフを引きずり出していたなら……コートネイ家の運命は全く変わっていたかもしれないと思うのだった。

◆◆◆

「ここだな」

レオ達は、レイモンドから渡された地図に記された、とある地点に辿り着いた。

左右が切り立った峡谷《きょうこく》になっていて、道幅は狭い。大軍は列を細くしないと通れない。

「典型的な待ち伏せポイントだな」

レオは崖を見上げて呟いた。

その言葉にマリーとルナが頷く。

垂直に近い急斜面で、足がかりとなる場所も少ない。この崖を登ったり下りたりすること自体、相当な手練《てだ》れでないと難しいだろう。

左右に逃げ場はなく、あとはただまっすぐな道が延々と続くのみ。もし逃げられても、見失う心配はなさそうだ。

衛星アーティファクトで周囲の環境を確認し、レオは頷く。

その時、崖の上からガラガラと音を立てて岩が落ちてきた。

「わっ、落石!?　レオ、マリーちゃん、危ない！」

三人は小石や岩を避けるために、素早く散開する。

土煙を巻き上げながら急斜面を転がり落ちてくる岩に交じって、大きな黒い影が滑り下りて――

というよりも、落ちてきた。

よく見ると、鎧を着た人間だ。

「岩かと思ったら、ベルナーじゃん」

ルナが唖然とした顔で言った。

「ははは」

谷底に着地したベルナーは、腰に手を当てて得意げに笑う。

「なんでここが分かったの？」

「レイモンド先輩に聞いたのさ。お前らがお袋さんを助けに行ったたって」

ベルナーはレオとマリーが兄妹だという話を聞いていたので、クリスティーナがレオの母親でもあることはすぐに推測できたはずだ。

「なあなあ、レオも俺を岩だと思っただろう？」

レオはため息を吐いた。

「いいや、俺はお前だって気づいてたよ」

「嘘つくなよ」

ベルナーがムッと顔をしかめる。

「嘘じゃないさ。上にイザベラさんもいるだろう」

数秒後、崖の上から女性の声が聞こえてきた。

「ベルナー様ぁ～」

「ちっ。驚かせてやろうと思ったのに、お前には敵《かな》わないな……おーい。イザベラ～、下だあ～！」

ベルナーにはそう言ったが、レオは内心少しヒヤリとしていた。

レオがベルナーの存在に気がつけたのは、近くにいるイザベラの魔力を感知していたからだった。

もちろん、近づけばベルナーの小さな魔力にも衛星アーティファクトのサーチは反応するが、もし落ちてきた岩の陰に隠れながら攻撃されたら、迎撃できたかどうか。

ベルナーの身体能力は、天井知らずに上がり続けていた。

「それはともかく、なんだって会長はお前に母さんのことを教えてしまうんだよ……」

「レオ達がいなくなったって言ったら、あっさり教えてくれたぞ？」

「俺の家のことに首を突っ込むなよ」

レオの言葉は刺々しい。

「なんだよ、水臭いな。お前のお袋さんのことだろ？」

ベルナーは、顔をしかめて黙り込むレオの肩を無遠慮にバシバシと叩く。

「……勝手にしろ」

レオは一言そう呟いて、すぐに顔を背けた。

マリーもルナも、てっきりレオはベルナーを拒絶すると思っていたため、二人はその言葉を意外に感じた。

「お前には、俺とお袋みたいになってほしくないからな……」

ふと、ベルナーは真顔に戻ってそう言った。

彼の母親は病気で早世しているのだ。平民出身ながら皇帝の寵愛を一身に受けていた母親を失い、ベルナーの人生も大きく変わった。

レオがその言葉に頷くことはなかったが、あえて否定もしなかった。

その様子を見て、マリーが微笑んだ。

「ベルナーくん、ありがとう。ああ見えてレオも感謝してるのよ。あんまり友達がいないから、こんな反応しかできなくて……」

「分かってますって」

ベルナーがおどけた調子で応え、場に和《なご》やかな空気が戻った。

レオは「感謝なんかしていない」と言いかけたが、自重して口を閉ざした。

レオが衛星アーティファクトに視点を移すと、イザベラが危なっかしい足取りで崖から下りようとしている姿が見えた。

斜面はベルナーが滑り下りて、少しだけなだらかになっているとはいえ、並の人間では勢いを殺せず、大怪我をしかねない。

「イザベラさーん！　そこは危ないから、下りずに上で待っててくれ～！」

「だ、大丈夫です～！」

遠くから返事が聞こえる。

「ベルナー、危ないから早く行ってやれ」

レオも、ベルナーにこれ以上大切な人を失う痛みを知って欲しくないと思っていた。

「分かった。ったく、しょーがねー奴だなぁ」

そう言い残して、ベルナーは崖を駆け上がる。まるで平地でも走るかのように急斜面を上るベルナーの姿は、とても人間の動きには見えなかった。

日が陰り、暗くなってきたので、レオ達は野営の準備を始めた。

レオが岩の陰にエア遊具のテントを作っていると、イザベラを抱えたベルナーが戻ってきた。

「まさか、この有名なテントのアーティファクトが、レオと親父さんで開発したものだったなんてな～」

「お前、人にそのことをペラペラ喋るなよ」

「儲けてんだろうなあ～」

帝国の皇子という肩書きと裏腹に、母親の死後は貧困生活を送っていたベルナーが、妬ましそうな視線を送る。

事実ではあるので、レオは否定しなかったが、さすがに帝国の反乱軍を金銭面で支えていたほどだとは言えなかった。

「その上、こんなに美人の妹さんがいたなんてなあ」

ベルナーはマリーと近くでゆっくり話したことはなかったので、チャンスとばかりに話しかけた。

「えへへ。ありがとう。お世辞でも嬉しいわ」

「お世辞だなんてとんでもない。レオの妹さん――いや、お姉さんでしたっけ？　とは思えませんよ」

ベルナーはデレデレと笑いながら調子の良いことを言う。

レオは呆れて苦笑するが、どうせいつものことだと思い、二人の会話に口を挟むのはやめた。

マリーがベルナーに惚れてしまうこともないだろう。万が一そんなことになったらベルナーを衛星次元魔法で撃ち抜くだけだ――などと、物騒なことを考えている。

「母さんが通るのは明日か……」

楽しげな二人を横目に、レオははるか天空の衛星アーティファクトから捉えた光景を左目に映す。

峡谷に近づきつつある馬車の一群を発見した。

あの数頭の馬車の中の一つに、クリスティーナがいるのだろうか。

レオは小さく震えた。

戦いの予感からではない。自分の母親と十年ぶりに会うのが怖かったからだ。

「大丈夫だよ」

「ルナ」

隣に腰を下ろしたルナが、レオの肩に手を載せて、優しく微笑んだ。

「マリーちゃんが言ってたよ。お母さんは、お父さんやレオを否定して、その代わりに自分自身を苦しめてるんだって。だからレオがクリスティーナさんを救ってあげて」

「……そうだな」

母親を救うという目的のせいもあり、テントの中では自ずと二つの家庭の話になった。

大賢者、あるいは最強の魔法犯罪者ルドルフ・コートネイの家庭と、もう一つは世界最強の国家イグロス帝室の話だ。

レオは自分が転生者であることや、裁きの日を起こしたことは伏せて、思い出を語った。

「――普通の家庭っていうのは、そういう家庭のことを言うんだろうな」

ベルナーは、裁きの日以前のルドルフ家の様子を聞いて、しみじみと言った。

「かもしれないけどな。だが……母さんがいなくなってからは……」

「でも、それまでは大賢者のルドルフも、なんというか……普通の良いお父さんだったんだな。俺にはそう思えるぞ」

レオはベルナーの意見に少しムッとしたが、何も言い返さなかった。

なぜならレオも、ベルナーの話を聞いて全く同じ印象を皇帝カールに対して抱いたからだ。

ベルナーの母が死ぬまでは、カールは立派な父親だったようにレオには思えたのだった。

◆◆◆

――翌朝。

既に太陽は昇っているが、谷底は陰になっていて、まだ薄暗い。

渓谷の左右にある大きな岩の背後に、レオとルナ、ベルナーとマリーとイザベラという二組が分かれて隠れていた。

護送集団が来たらベルナー組が行く手を阻み、その隙にレオとルナが馬車を襲ってクリスティーナをさらう計画だ。

衛星アーティファクトで逐次様子を確認していたレオは、微《かす》かな違和感を覚えていた。

馬車と護衛の騎兵集団が肉眼でもなんとか見える距離まで近づいてきた時、レオがそれまで抱いていた小さな疑念が、確信に変わった。

「おかしいと思ったが、やっぱりそうか……」

彼は大きく落胆しつつ、心のどこかでほっと安堵した。

「どうしたの？」

傍《かたわ》らにいるルナが、レオの呟きに反応した。

彼女の目には、既に馬車と護衛の騎兵集団が見えている。

「あれは……母さんじゃない」

「え？」

「馬車の中に何人もの強い魔力を感じるが、どれも母さんの魔力じゃない。護送はガセネタだったんだ」

「レイモンド会長がガセネタを掴まされたの？」

ルナは黒猫の姿で生徒会室にも出入りしていたので、レイモンドの人となりを知っている。

彼はいつも温和で、優しい人物だ。

「いや……」

「じゃあ、どういうこと？」

レオはそれには答えなかった。

難しい顔をしながら、蝶を一匹捕まえると、魔力でメッセージを吹き込んだ。

蝶はレオの手から離れ、ベルナー達が隠れている峡谷の向こうにひらひらと舞っていった。

「何かしら？　レオからの伝言みたい」

マリーが手を上げると、彼女の指先に蝶が止まった。

「レオはなんて言ってるんだ？」

蝶に吹き込まれているメッセージを解読するマリーに、ベルナーとイザベラが身を乗り出した。

「待ってね……カ・ア・サ・ン・ジャ・ナ・イ。バ・シャ・ハ・ソ・ノ・マ・マ・ト・オ・

セ……」

「――母さんじゃない。馬車はそのまま通せ？　どういうことでしょうか……」

マリーの言葉を復唱したイザベラが首を傾げた。

「なんだと？　クリスティーナさんはいないってのか？」

「会長の情報が間違っていたんだわ。おそらく会長は、帝国側が方々《ほうぼう》に流した偽情報を掴まされたんじゃないかしら」

マリーはあごに手を当てて、自らの推測を口にする。

「なんのためにそんなことをする？」

「本物の母さんを安全に輸送するため、かしら……？」

「なるほどな……」

ベルナーとマリーは渓谷の岩陰に隠れたまま、馬車と護衛の騎兵集団を見る。

今岩陰から出れば、向こうからも確認されることになるだろう。

このまま隠れてやり過ごすしかない。

クリスティーナがいないなら、襲撃する意味はない。

示し合わすまでもなく、五人は息を殺して集団が通り過ぎるのを待った。

「？」

ところが、馬車の一団は、彼らが隠れている大岩の手前で急に止まった。そして、紋章が入った白いマントと、見事な装飾が施された鎧を身につけた男が、馬車から降りた。

それを見て、マリーが訝しげに眉をひそめる。

「あれ、帝室の紋章なんじゃない？　どういうこと？」

ベルナーが重々しく頷き、マリーに耳打ちした。

「あれはレイズンの兄貴だ……」

「え？　レイズン皇子なの？」

マリー達が驚く一方、レオはこの状況をある程度予想していた。馬車に乗っていた者達の魔力が強すぎるのだ。護送対象のクリスティーナがいないのに、これほどの戦闘員が同行しているのは、襲撃者を返り討ちにするための罠とも考えられる。

レイズンを守るように、何人かの魔法使いが彼の周りに立つ。

「どうもハリマウと同じ臭いがするな」

おそらく彼らは、フーバーがレイズンの護衛につけた魔法使いの戦士達だろうと、レオは当たりをつけた。

ハリマウはマリーに匹敵するレベルの手練れだった。あの魔法使い達も、皇子の護衛を任されるからにはそれなりの実力者と見ていいはずだ。

突如、レイズンが大声で叫んだ。

「大賢者ルドルフ殿！　聞いているなら出てきていただきたい！　私はレイズン、イグロス帝国の皇子だ！」

「ちょっと、あの人、名乗りをあげてどうするの？」

マリーは、困惑を露わにして呟く。レオ以外の誰もがそう思っただろう。

だが、レオだけが戦いの予感をひしひしと感じていた。

「貴公の細君は、既に帝国に護送した！　帝国七魔将が一人にして、我が師……フーバーの仇を取らせていただきたい！　尋常な勝負を望む！」

マリーはレイズンの目的がクリスティーナを安全に護送するものだとばかり思っていた。しかし彼の話では、すでに護送は終わっているという。

ならばこの一行はなんのための囮《おとり》か？

レイズンの真の目的は、フーバーの仇討ちだったのだ。

その上、レイズンは師の仇はルドルフだと決めつけていた。

「それに、どうしてお父様の名前が出てくるの？」

混乱するマリーが発した疑問に、ベルナーが答えた。

「フーバー将軍を倒せるほどの実力者は、大賢者ルドルフしかいないと思っているんじゃないか。

兄貴は随分フーバー将軍を慕っていたからな」

レイズンを見つめるベルナーの顔は、いつになく真剣なものだった。

「そうなの……」

マリーはもちろん出ていかない。

クリスティーナが帝国へ行ったのは、レイズンがベルン王都を囲み、逃げ道をふさいだせいだという思いがないわけでもない。

けれど、ベルン王都の包囲はレイズン皇子の意思でないことは、彼女も分かっている。背後にあるのは帝国の——おそらく、皇帝カールの目論見《もくろみ》なのだ。

「……」

レイズンは仁王立《におうだ》ちのまま、沈黙している。

「おかしいな、いないのか……？」

期待していた反応がなかったためか、レイズンは一人首を傾げた。だが、レオとマリーが返事をするわけがない。確かにフーバーの仇と言えるかもしれないが、そもそも彼が探しているルドルフではないのだ。

ところが、レイズンの前に出た男がいた。

「レイズン兄貴……」

「ベルナー!? お前！ 私が流した噂を聞いたんだな……」

「いや、そうじゃない。フーバー将軍を襲撃したのは俺だ。すまない……」

「な、何っ!? フーバー将軍を倒した者の中に、ティルフィングらしき魔剣を持った剣士がいたと聞いたが……本当にお前だったのか？」

この場の誰もが、レイズンは激怒すると思った。

なぜなら、彼の率いた部隊はベルンとの戦に勝ち、あとは帝都に凱旋《がいせん》するだけなのにもかかわらず、自ら囮として出向いてフーバーの仇を取ろうとしているのだ。その執念は計り知れない。

ところが、ベルナーにかけられた言葉は意外にも優しいものだった。

「ふぅ……。お前は協力者ではあっても直接将軍に手を下したわけではない。そうだろ？ 罪を免れることはできまいが、刑期が短くなるように、私から嘆願《たんがん》しよう」

「な、なぜだ、兄貴？」

「なぜとは？」

「どうして俺を赦《ゆる》す？」

「赦してはいない。だが、お前の気持ちは分かる。お前は人質としてオルレアンに送られたようなもの。帝国が進軍した報復として殺されていたかもしれないんだからな」

オルレアン高等魔導学院に送られている貴族の子弟は、誰もが紛争時の人質になりうる。ベルナーも例外ではない。交渉材料として使うか、あるいは殺して見せしめにするか、すべてはバッカド教国次第である。

もちろん、フーバーもレイズンも、バッカドはそこまで強気に出ないだろうとは予測していたが、ベルナーの安全の保証がないことに変わりはなかった。

侵攻によって、処刑が行われるかもしれないということは暗黙の了解だ。それはお互いに言えないし言わない。

「どうしてお前は私の前に出てきてしまったのだ。出てきた以上は、捕らえる。しかし、なんとか平民に落とすまでで減刑されるように取り計らおう」

「ありがとう、兄貴」

「いや、これは……父……」

レイズンは何かを言いかけて口ごもる。ベルナーは言った。

「だが、俺は捕らえられたりしないよ」

「どういうことだ？　お前、まさかルドルフと来ているのか？」

「いや、将軍を殺《や》ったのはルドルフじゃない」

「馬鹿な。他の魔将ならいざ知らず、フーバー将軍を倒せる者がいるものか！」

少し躊躇した後、レオは岩陰から出ていった。

ルナもついていこうとしたが、彼はこれを手で制した。向かい側にいるマリー達にも目で合図を送り、レイズンはレオとベルナーの二人で対処することを知らせる。

「こいつは……？」

レイズンは新たに現れた見知らぬ少年を鋭く睨む。

ベルナーが目配せをすると、レオは小さく頷いた。

「ルドルフの息子で、俺の友人のレオさ」

「ルドルフの息子……だと⁉」

今まで堂々たる態度で敵意を見せていなかったレイズンの顔つきが変わり、吠えた。

「この者共をとら……」

レイズンは部下に「捕らえよ」と命じようとした。そしてもちろん、その命令通りの結果になると信じて疑わなかった。なぜなら、レイズンの護衛はハリマウの同僚——特殊な技術で魔力を強化された一騎当千の強者達だったからだ。

しかし、命令が遂行されるよりも早く、レオとベルナーが動いた。

「な、何っ⁉」

一瞬の出来事だった。

護衛達は、レオの魔法攻撃とベルナーの剣で戦闘能力を奪われていた。中には死んだ者もいるだろう。

示し合わせたわけではないが、レオとベルナーの連携は完璧だった。

無論、結果はレオ、ベルナーいずれかだけでも、同じだったのだが。

「馬鹿な。フーバー将軍の子飼いの魔法兵が……!?」

気がつくと、逃げようとする皇子付きの非戦闘員達もルナとマリーとイザベラが全員無力化していた。

「なるほど……将軍を倒したというだけのことはある。これは、認めざるを得ないな」

「兄貴。投降してくれ」

ベルナーの呼びかけも虚しく、レイズンは躊躇なく剣を抜き放った。

魔剣ティルフィングほどではないが、魔力を放つ神々しい両刃の宝剣。一流の刀匠《とうしょう》の手によるものであることは明らかだ。

「投降してくれ！　頼む!!」

しかし、レイズンは一歩ずつベルナーに近づきながら、語りかける。

「ベルナー、お前は皇帝になりたいのだろう？」

「あ、あぁ。まあな……」

「私もだ。今お前に捕らえられれば、その道は途絶える。できれば、私が皇帝になった姿をフーバー将軍に見てもらいたかった」

「俺のは所詮、夢物語さ。兄貴が皇帝になるに決まっている」

「ふふふ……どうかな？　後ろ盾のフーバー将軍を失ったのだ。私の帝国内での立場も危うい」

「なんだって？」

「御託《ごたく》はいい。ここで勝った方が皇帝の道を目指すのだ」

——ギャンッ！

レイズンがベルナーに斬り込む。

フーバー直伝《じきでん》の剣筋は鋭い。

しかし、ベルナーは魔法的に強化されていることもあり、その強さは人間としては異常な域に達している。それはレイズンも想定済み。反撃の隙も与えぬように連撃を叩き込んでいく。

ところが——

「こ、これは⁉」

その瞬間レイズンは、剣を振るうベルナーの中に何かを見た。

それは、普段のベルナーとはまるで異なる、人ならざるモノの姿。彼の胸のあたりが赤黒く禍々しい光を放って脈動しているではないか。

ベルナーの魔剣とレイズンの宝剣が交錯《こうさく》する。

甲高い金属音とともにレイズンの剣が中程で折れ、切っ先が宙を舞う。

しかし、いかなる運命の悪戯《いたずら》か、折れた刃はレイズンの首筋を深く切り裂いていた。

「ぐおっ……」

「――!? し、しまった! 兄貴ッ!」

ベルナーは我に返ったかのようにそう叫ぶと、剣を投げ捨ててレイズンを抱きかかえる。

「ベルナー……その力は、一体……」

「レオ早く! ポーションをくれ!」

目に涙を溜めて必死に叫ぶベルナーの顔は、レイズンが知る一本気な青年のものに戻っていた。

「いや、あれは戦いの最中。気のせいだったか……」

レイズンはそう独りごちて、力なく笑う。

すぐに駆けつけたレオがポーションを差し出すが、レイズンはこれをキッパリと拒否した。

「いらん!」

「どうしてだっ?」

「将軍の仇から……施しは受けぬ……いや、その言い方は、失礼だったな。彼には、彼の立場があって……必死に戦ったのだろう」

レイズンは痛みを堪える素振《そぶ》りすら見せず、レオに笑いかけた。

「私は、将軍が身罷《みまか》られたという話を聞いて……皇帝になった暁《あかつき》には、墓に報告を……したかったのだが、こうなった以上……それもふさわしくないだろう」

「兄貴、ポーションを使ってくれ」

「もう遅い……血が流れすぎた。ポーションを使っても……」

ベルナーが涙目でレオを見上げる。

レイズンの言うことは事実だった。レオは静かに首を横に振るしかない。

「いいから使え！」

ベルナーはレオの手からポーションを奪い取って、レイズンの傷口に振りかける。

だが、魔法的に増幅された回復力をもってしても、レイズンの肉体から急速に失われていく生命力を補うことはかなわなかった。

「どうして効かないんだっ！　くそっ！」

「ベルナー、もういいっ！　……聞けっ！」

レイズンが声を振り絞った。

「……フーバー将軍が……私を皇位につけようとしたのは……帝国を守ろうとしたからだ」

ベルナーは話を聞かず、闇雲にポーションの小瓶を振っていた。

彼の目には、幼い日に木剣で遊んでくれたレイズンの姿が浮かんでいた。母親が死んで、周りが手のひらを返したように冷たく当たった時も、レイズンだけは変わらず接してくれた。

レオが近くに寄って、レイズンの話を聞いた。

「どういうことだ？　アンタを皇位につけることが帝国を守ることになるのか？　そりゃアンタなら立派な皇帝に――」

レオは言いかけていた言葉を呑み込んだ。もう、レイズンは皇帝に……なれない。

レイズンは自嘲したように笑った。

「世継ぎ争いという……意味ではない……ソシンは帝国の簒奪《さんだつ》を狙っている……」

「簒奪!?」

「仇の君に……言うのもおかしいが……弟に力を貸して……やって……くれ……」

レイズンの声が急速に力を失い、小さくなる。

ベルナーは恥も外聞《がいぶん》もなく涙を流し、レイズンにすがりついた。

「俺、皇位なんていらないよ。今、分かったんだ。俺が皇帝を目指したのはただ親父に認められたいだけだったんだって。でも、俺にとっては兄貴の方がずっと大事だ。兄貴が生きてくれるなら、そんなものいらないっ！」

「なれ……皇帝に……お前が……臣民を守れ……」

そう言い残して、レイズンは笑顔で目を閉じた。

ベルナーがいくら呼びかけても、もう彼が口を開くことはなかった。

「帰ろう」

レオが皆に呼びかけた。

生き残った護衛やお付きの者は、彼が深い眠りの魔法をかけてこの場に残していくことになった。

「いいの？　この人達」

マリーは、彼らが秘密を知りすぎてしまったことを気にしていた。レオのことももちろんだが、レイズンを殺したことが知れ渡ればベルナーは帝国に対する反逆者になってしまう。

「かといって、殺すわけにもいかないからな」

「お父様なら……記憶の操作もできるはずだけど……」

マリーはルドルフと十年も離れていたが、彼の手の内をよく知っていた。

「実はさ……」

レオはマリーに歩み寄って、耳打ちする。

衛星アーティファクトの目でルドルフが実は近くにいることを察知していた彼は、それをマリーに話したのだ。

「そ、そうなんだ。うんうん。そうよね」

マリーの顔が少し明るくなった。

なんだかんだ言って、父親は母親のことを思っているのだと、彼女は解釈したのだろう。

レオはマリーに合わせて、無理に笑顔を作った。……それだけではないことを知っているから。

彼らが出立しようとすると、ベルナーはレイズンの遺体を担ぎ上げた。

「お、おい……何する気だ？」

「火葬して、灰を帝国に持ち帰る」

そういうことならと、レオも止められなかった。

「馬を拝借しようか……」

こうして、レオ達は渓谷を後にした。

◆◆◆

峡谷の上からレオ達を見下ろす者がいた。

「レオくん達なら、必ずレイズンを討ってくれると思っていたよ」

レイモンドが笑っていた。しかし、その顔にはどこか自嘲の色が浮かんでいる。

「それにしても、万事上手くいったな。悪く思わないでくれよ、これも大国に囲まれた領地を持つ家の悲哀なんだ。フランドルに属しながら、帝国の奸臣《かんしん》に情報を流さないと生きていけないとは、まったく……情けないことだ」

その時、レイモンドは自分の背後に誰かがいることに気がついた。

「その帝国の奸臣というのは、ソシンのことだね」

「誰だ——ぐっ⁉」

何者だと思った時には遅かった。

胸が焼けるように熱くなって、二回ほど回転して倒れる。

アンタは？　と聞こうとして、もう声が出ないことにレイモンドは気がついた。

「僕はルドルフ・コートネイ」

ああ、アンタが大賢者の、ではなく……あのレオくんの父親か、と思うのだった。

「君にも事情があって、必死で家を守っていることは分かるけど、クリスティーナをダシにしたのはマズかったね」

レイモンドはそれがマズいとは思わなかった。マズいと言うならフーバーの諜報員になって同じ釜の飯を食ったこともある、ハリマウを殺したことだ。

その時彼は、少しだけ後悔した。

ハートリーを殺したときも、ソシンに情報を流した時も一切躊躇わなかったのに、だ。

それが、人生の最後にレイモンドが考えたことだった。

この日、イグロス帝国ではレイズン皇子が消えたことが大きな事件になり、バッカド教国のオルレアン魔導学院でも、生徒会長が消えたというニュースが生徒達を騒がせた。

8

イグロス帝国が周辺諸国に軍事行動を起こすのは珍しいことではないが、今回は世界情勢に大きな影響を与えた。

ナリア教の本山であるバッカド教国はいかなる国からも侵略されないという神話が崩れ去り、世界の二大強国として帝国と双璧をなすフランドル王国も、帝国の圧力に全面的に屈服してしまったのだ。

これにより、世界のパワーバランスは帝国側に大きく偏るかに見えた。だが、現状では辛うじて均衡を保っている。

帝国がオルレアンの侵攻に失敗したからである。

もしオルレアンが陥落していたら、世界は帝国一色になっていたかもしれない。

「今は帝国も大人しいのに、なんだか学院はスカスカになっちゃったね」

レオと一緒に昼食をとっていたバーニーがため息混じりに呟いた。

お昼時はいつも満席になるオルレアン高等魔導学院の食堂だが、今は空席が目立つ。

学院が戦場になるという情報が入った時点で多くの生徒が実家に戻るなどしてしまったが、帝国が軍を退き、移動の安全が確保された段階でも、さらに多くの生徒が学院を後にしたのだった。

「まあ、皆またいつ攻められてもおかしくないって思ってるんだろうな。あの会長すらいなくなったし。レオは何か聞いてないのかい？」

「いや、さあな」

レオは、バーニーの問いに曖昧《あいまい》に答えた。

バーニーを含む多くの生徒は、レイモンドは帝国の侵略の際に密かに領地に逃げ帰ったのだろうと思っている。しかし生徒会長が逃げたと噂が立っては外聞が悪いので、失踪という扱いにしているのではないか――そんな噂をする者もいる。

しかし、レオは天からの目でレイモンドが消えた瞬間を目撃していた。

ルドルフがレイモンドを撃ったのは間違いない。レオにはルドルフの真意が分からないが、おそらくクリスティーナのことで怒っていたのが理由ではないかと考えている。

ともかく、クリスティーナは帝国に行ってしまった。

「バーニー、お前はどうするんだ？」

レオが顔を向けた先では、エマとジャクリーヌとアンナが楽しそうに昼食をとっている。

「ウチも親は帰って来いって言ってるよ」

バーニーはそう答えて、肩を竦めた。

具体的にどこの商人だとは言わないものの、バーニーの実家はかなりの豪商だという。単なる街の商人というレベルでないのは明らかだ。おそらく国際的な商売をしているのだろう。

どこか決まった場所でしか生きられない貴族と比べれば、いざ逃げるとなったらフットワークが軽いに違いない。

しかし、バーニーが続けた言葉はレオにとって意外なものだった。

「でも、僕は学院を辞める気はないよ」

バーニーは力強くそう言い切った。

「どうして？」

レオの見立てではバーニーは優しい性格で、戦いを好みそうになかった。その彼がなぜ学院に残るというのだろうか。

一度は帝国を退けたものの、彼自身が口にしたとおり、帝国はまたいつ攻めてきてもおかしくはないのだ。

「ウチのクラスでは、お坊ちゃんのアルベルトしか辞めてないよ」

「まあ、ウチのクラスは貴族が少ないからな」

「そうは言っても、アルベルトの他にも貴族の家の出はいるだろ？　皆が辞めないのは、オルレアンを離れて帝国に負けたような気持ちになるのが悔しいからだよ」

当事者であるレオにはそんな実感はなかったが、魔導学院の学生からしてみればそんな心境なのだろう。

早い話が、帝国が恐くて学院を逃げ去るようなものなのだから。

「それに、マリーさんを助けたいしね。もし本当に大賢者ルドルフが犯罪者だったのだとしても、娘のマリーさんを引き渡せなんて、理不尽だよ。帝国のやり方はあまりにも滅茶苦茶だ」

「そういう風に言ってくれると、俺も嬉しいよ……ありがとう」

以前のレオでは考えられないことだが、彼はごく自然に礼を言った。

「ん？　なんでレオが礼を言うんだよ。マリーさんのことだろう？　まるで自分のことみたいじゃないか」

レオとマリーが兄妹だとは知らないバーニーは、一瞬不思議そうにレオを見る。

「い、いや。そ、そうだよな。でも、知り合いが大変な時なんだからさ」

「まあまあ、誤魔化さなくてもいいんだよ。レオはマリーさんの熱狂的なファンだからな。ファンクラブの会員番号は何番なの？」

「うっ……」

同志よ、とでも言わんばかりに肩を組んで笑うバーニーにどう返していいのか分からず、レオはしばし言葉を失うのであった。

「すごいよなあ、マリーさんは。今や生徒会長代行——いや、魔導学院の象徴といっても良いくらいだよ」

バーニーはうっとりと視線を宙に彷徨《さまよ》わせ、マリーの姿を思い描く。

彼の言うとおり、不在のレイモンドに代わって副会長のマリーがなし崩し的に生徒会長の任を代行している。

さらに、先日の帝国との戦いがマリーを守るための戦いだったという情報は、学院の生徒の間に知れ渡っていた。

そのため、帝国への反感と、かの国の横暴から少女を守ったという誇りにより、学院内でのマリーの人気は今や異様なほどに高まっているのだ。

いつの間にかファンクラブが出来上がっており、その会員数と学院の生徒数にほとんど差がないというほどなのだった。

◆◆◆

放課後、レオとマリーは人気《ひとけ》の少ない校舎裏で話をしていた。

「はぁ……皆に応援してもらえるのは嬉しい反面、責任というか、背負っているものの重さを意識しちゃうのようね。アイリーン先生も、昔はこんな感じだったのかな」

校舎の壁に背を預け、マリーがしみじみと口にした。

「ああ、言われてみれば、そうかもしれないな」

アイリーンことソフィアは、かつて帝国に併合されたローレアという国の姫だ。彼女はローレアの遺民を率いて帝国に反旗《はんき》を翻《ひるがえ》した過去がある。彼女を中心に反乱は拡大したが、当時の帝国の大臣だったソシンという男の計略によって、反乱軍は敗れたのだった。

そのソシンは今、帝国の七魔将の一人になっているという。

「お母さん、帝国でどうしているんだろうね。ベルン王国の人質みたいなものだし、帝国でひどい目に遭っていないといいんだけど……ベルナーは何か知らないかな？」

「……」

「レオ！　ちょっと聞いてるの？」

心ここにあらずといった様子で返事をしないレオに、マリーは苛立ちを露わにする。

「あ、悪い……何？」

「呆れた。お母さんの話をしているのに！　レオは心配じゃないの？」

マリーに言われるまでもなく、レオにとってもクリスティーナのことは気掛かりだった。だが、彼は今、話に出たベルナーのことを考えていた。

「もちろん心配だけど……最近、ベルナーの奴も元気なくてさ」

元気なだけが取り柄のベルナーだが、レイズン皇子が死んでからというもの、時折ふさぎ込んでいる。

いつも陽気な彼が押し黙っている姿を目にすると、レオは逆に、自分は落ち込んでいられないと奮起するのだった。

レオとて、クリスティーナを救えなかったことは辛かった。だが、まだ彼女が死んだわけではないという意味では、希望は潰《つい》えていない。

「そうね……。目の前でお兄さんを……」

マリーはレイズンの最後と、その時のベルナーの様子を思い出して目を伏せた。

「でも、レオは意外と元気でよかった」

「母さんを取り戻すチャンスはまだあるさ。落ち込んでいる暇はないだろ？」

「驚いた。引きこもっていた弟とは思えない前向きなセリフ」

「良くできた妹……いや、姉のおかげかな」

「ちょ――レオ!?」

少しはにかんだ笑みを浮かべ、レオは校舎裏を後にしたのだった。

◆◆◆

その頃、イグロス帝国内部はにわかに騒がしくなっていた。

ほとんど皇太子という扱いを受けていたレイズン皇子が、彼を支持する魔将フーバー、オフィーリアに続いていなくなったからである。

これにより、次期皇帝の座を睨んだ動きは一気に活発になった。

それぞれ自分の息のかかった皇子を擁立したいと思っていた魔将達の動きも激しくなり、あわや魔将同士での争いにまで発展しかけているほどである。

ただ一言、皇帝であるカールが皇位について明言するだけで、このような内争の火種は消えてなくなり、帝国の態勢は再び盤石なものとなるはずだ。

しかし、病床の皇帝のカールは、公の場どころか重臣の会議にも顔を見せない。このような状態では、皇位継承争いが加速しない方がおかしかった。

しかし、そんな内輪の争いを巧みに外に向けさせたのが、ソシンだった。

「陛下は功のある皇子に皇位を継承したいと仰せです。特に、レイズン殿下の弔い合戦をお望みです」

彼は皇帝の言葉を代弁し、独立軍的な側面が強い七魔将達が功を焦って軍事行動を起こすように仕向けたのだ。

結果的にその甘言は、世界情勢に大きな影響を及ぼした。

帝国第一軍の魔将シュタインと第四軍の魔将マイヤーは、もはやベルン王国を攻めるなどといった回りくどいことはせずに、宿敵フランドル王国を直接攻めた。

そして、彼らの進軍経路上にあったのは、レイモンドの生家であるバスール領だった。

バスールの都市サラゴンは、第一軍と第四軍の攻撃を受けて一撃で陥落し、占領された。

レイモンドの生家の領地は、身内を売ってまで守ろうとした彼の努力も虚しく、帝国の軍靴《ぐんか》に蹂《じゅう》躙《りん》されたのだった。

帝国軍の雷撃的な動きに対して、フランドル王国の中央軍と同盟軍の反応が遅すぎたのが原因だ。

もちろん、帝国軍侵攻の一報が入るなり、バスール領主ロベルト伯は各所に援軍を求める使者を放ったが、同盟軍の救援が到着する前にサラゴンは落ちてしまった。

おそらく、帝国と本格的に事を構えることへの恐れが、フランドル同盟軍の結束を鈍らせたのだろう。

しかし、いくらイグロス帝国が強大化しているとはいえ、今回イグロス帝国は第七軍まであるうちの二つの軍しか使っていない。フランドル王国と諸国同盟が兵力を結集すれば、数で上回るのは容易であった。

ロベルトが堅固な城壁を備えるサラゴンを守っている間に援軍が到着して、遠征してきた帝国軍を挟撃する形に持ち込めば、十分に勝機はあったのだ。

結局、同盟軍が到着したころには、帝国軍は落としたサラゴンに篭もり、行軍と初戦の疲れを癒やし、万全の防衛体制を整えていた。

同盟軍はサラゴンを遠巻きに包囲する形で布陣し、睨み合いが続いていた。

◆◆◆

「シュタイン将軍もマイヤー将軍も、それぞれに推す皇子がいるんだ。レイズンの兄貴の……弔い合戦に勝てば、その皇子が継承権を手に入れると思っているんだろう」

「そういうことか」

オルレアン郊外を流れる川沿いの土手に座って、レオはベルナーから帝国の動向を聞いていた。

最近ふさぎ込みがちなベルナーを気遣って、付き人のイザベラも一緒にいる。

彼らの視線が向いているのは、バスール領の方向だ。

遠くから、生徒達がモンスターとの戦闘を繰り広げる喧騒が響いてくる。

帝国の矛先がフランドルに向いている今、バッカド教国に直接的な脅威はないが、依然として不安定な情勢は続いている。

学院も混乱していて、このところはどのクラスも自習ばかりになっていた。

今は、レオ達のＲ３を含む複数のクラスが合同で、実戦訓練の名のもとにオルレアン付近のモンスターと戦っている最中だ。

学院に残った貴族の子弟の中にも、授業内容に不満を言う者はいない。先の戦乱で、実戦経験の必要性を肌身で感じたのだ。

「くだらねえ」

寝転がり、イザベラに膝枕されたベルナーが横を向いた。

レオはベルナーに問いかけた。

「どうしてくだらないんだ？　お前も皇位を目指してるんじゃないのか？」

「シュタインとマイヤーが推す皇子は、とても皇帝なんてやれる器じゃない。いくら戦功をあげようとな。勝ったところで、誰からも支持なんかされないさ」

ベルナーは吐き捨てるように身内に対する手厳しい評価を口にした。

「それにしても、フランドル同盟軍は弱腰だな」

ベルナーの呟きは、まるで帝国が負けてしまえば良いと言っているのも同然だった。

「そうだな。同盟軍の方が帝国の三倍は兵力があるらしいのに、いつまでもサラゴンを囲んでいるだけだし……アレじゃあ、どっちが遠征軍か分からないな」

レオが言ったとおり、同盟軍は三倍の兵力を持ちながら攻撃する気配を見せず、すでに一ヵ月が経過している。

「この勝負は帝国の勝ちだな」

そう断言するベルナーに、レオは根拠を尋ねた。

「どういうことだ？　兵力では帝国は圧倒的に不利なんだぞ？」

レオは戦術や用兵にはあまり詳しくはないが、帝国側はサラゴンに封じ込められているようにも見える。

戦争状態が長引けば、食糧不足などによっていずれサラゴンの市民達の不満が爆発し、内部で反乱が起きる可能性がある。同盟側はそのタイミングを狙っているのではないか、というのがレオの見立てだ。

ここオルレアンでも、同盟側有利で、いずれ帝国が兵を引くだろうという見方が一般的になっていた。

確かに帝国の七魔将はその個人的な戦闘能力だけでも恐るべき存在だが、同盟軍にも有名な将軍は多い。一騎当千の魔将が相手だからとって、全く対抗できないわけではないはずだ。

「いいかレオ、シュタイン将軍は奇襲や夜襲を得意としている。そしてマイヤー将軍の軍隊は侵攻の速さが売りだ」

「つまり？」

「まずどこかでシュタイン将軍が率いる精鋭の奇襲がある。その後一気にマイヤー将軍が打って出て、同盟軍の包囲を突き崩す。同盟軍は攻められるのを待っているようなものだからな」

「そうなのか。負けるのか？」

「ああ。同盟軍には、圧倒的な兵力で包囲しているという油断がある。その上、兵達は攻撃もしかけないで、なんの意味もなく連日野営させられている。そろそろ気が緩んで隙ができるだろうよ。シュタイン将軍はそれを待っているんだ」

「同盟軍は戦う覚悟がないのでしょうか」

イザベラがそう言った時に、金髪縦ロールの少女が近づいてきた。マリーと同じA1クラスのクラリスだ。

彼女の兄のザルバックは、聖女神騎士団の一部を率いてサラゴン同盟軍に参加している。

「レオくん、ベルナーくん、イザベラさん。こんにちは」

ベルナーは慌ててイザベラの膝から顔を起こした。ベルナーも聖女神騎士団の団長家令嬢には敬意を払った。

「ああ、クラリスどうした？」

レオも手を上げてクラリスの挨拶に応えた。

レオ達とはクラスが違うのでいつも交流がある学友ではなかったが、一緒にダンジョンマスターを討伐したこともあるので、気心は知れているつもりでいる。

「特に用ってわけではないのだけど、レオくんに愚痴《ぐち》を聞いてもらおうかと思って」

愚痴とは、貴族然としたクラリスという少女には似つかわしくない。

「私達は外したほうがよろしいでしょうか？」

ベルナーの方をちらりと窺ったクラリスを見て、気を利かせたイザベラが聞いた。

「いえ、そういうわけじゃないけど、今回の件の帝国絡みで……ちょっとね。その辺の少女の戯言《ざれごと》レベルでも、帝国には伝わらないようにしていただけると助かるわ。それに帝国の批判で気を悪くされなければいいのですが」

そうは言ったものの、クラリスはベルナーがオルレアン防衛戦で帝国と戦ったことを知っているので、あまり心配はしていないようだ。

ベルナーが笑って言った。

「大丈夫。聖女神騎士団のご令嬢をその辺の少女とは言い難いけど、所詮俺はただの野良犬さ。それに、少なくとも今回の件で帝国が勝てばいいとは思っていないよ」

クラリスの愚痴は、帝国の批判というよりも主に同盟軍に向けられていた。ベルナーがいる手前、具体的にそうとは言わないが、きっと前線にいる兄ザルバックが抱える不満の声だ。

それは奇《く》しくもベルナーの予想と同じものだった。

「兵力が大きいと言っても、同盟軍は諸国の集まりだから結束もバラバラで、帝国と事を構えるのに及び腰の国も多いの。今一丸となって攻めるべきだと主張している者もいるのだけど」

間違いなく、聖女神騎士団の団長ザルバックも早期の決戦を望む一人だろう。

「大軍の包囲が続けば、そのうち帝国は撤退するっていう消極的な意見も少なくないらしいの」

「つまり、戦いたくない弱腰の国の意見に引っ張られて身動きが取れないのか」

あくまでも、同盟軍に参加する各国の軍の指揮系統は別々。盟主であるフランドルの求心力が失われた今となっては、意思統一すらもままならない状態だ。

「でも時間をかければ、そのうち意見がまとまるかもしれないだろ。兵数だけは多いんだから、そう簡単に攻められはしないさ」

ベルナーの話を聞いた後では気休めでしかないが、レオはあえて楽観的な意見を口にしてクラリスを慰めた。

しかし、彼女の顔は険しいままだ。

「帝国の方が城壁から出て、弱腰の同盟国に突撃したらどうなると思う？」

「元々戦う気がない同盟国は、すぐに逃げ出すだろうな」

ベルナーが重々しく答えた。

「そして、動揺が戦場全体に広まって押しとどめられなくなるかも。お兄様が心配だわ」

クラリスやベルナーによれば、数を頼みにした戦術も良し悪しらしい。

ともかく、この戦いはこの世界の歴史でも最大規模だった。

同盟軍六十万対帝国軍二十万。世界中の人間が注目していた。

◆◆◆

「では、クラウゼ将軍は賛同できないと？」

「当たり前だろう！」

御前会議の議事を進行するソシンに、七魔将の一人クラウゼが反発していた。

いつものように皇帝は不在。そればかりか、七魔将すら三人しかいない。オフィーリアはルドルフに殺され、フーバーはレオに敗れている。

シュタイン、マイヤーの二将軍はフランドルへ外征中である。

残るは帝国第三軍を率いるクラウゼ、第六軍のダロム、第七軍で比較的新しく将軍になったソシンのみ。七魔将が一堂に会する機会はそう多くはないとはいえ、大きな会議室に対して少々寂しい顔ぶれだ。

「なぜ、年端《としは》もいかない少女――いや、皇女殿下に皇位を？　それ以前に皇位継承は皇帝陛下の専権事項だぞ！」

驚くべきことに、ソシンが告げた本日の会議の内容は、ヘレンというまだ十歳そこそこの少女に皇位を継がせようというものだった。

今まで全く後継者として意識されていなかったヘレン皇女の名をあげるのも驚きだったが、そもそも皇位継承に関する話題を臣下が論議するというのは反逆罪を問われてもおかしくない。

「落ち着けクラウゼ。今からソシンが話す」

この場にいるもう一人の将軍ダロムが、熱くなった同僚を諭《さと》す。

「ダロム、お前はソシンの肩を持つのか？」

「……」

ダロムはクラウゼに詰め寄られるが、一切取り合わず、ただ鋭くソシンを睨むだけだった。

ソシンはいつものように、抑揚のない高い声で淡々と告げた。

「皇帝陛下は、我々七魔将に皇位継承の決定を委《ゆだ》ねると仰ったのだ」

「は、はぁ？」

クラウゼは思わず聞き返した。

存命の皇帝が皇位の決定を将軍に委ねるなどという話は、前例がない。

もちろん軍事国家であるイグロスにおいて将軍の影響力は強い。将軍がそれぞれに推す皇子もいるわけだが、それらの状況も鑑みて、最終的には皇帝の一存で決まるのだ。

「ソシン。貴様は……」

ソシンは後宮付きの臣という立場を利用して、皇帝陛下の意思を曲げているのではないか――クラウゼはそう叫ぼうとした。

しかしその瞬間、ダロムの不敵な笑みが目に入る。

――皇帝をないがしろにして帝国を私物化せんとする奸臣を前にして、こいつは何を笑っているのだ？

クラウゼはダロムの不敬な態度に腹を立てる。だが、そこでふと気がついた。

ダロムにとっては、ソシンの話が事実かどうかなどどうでもいいのだ。むしろ、今この状況は都合がいいと考えているのではないか。

この会議の席には皇帝を特別尊重する七将はいない。

クラウゼ自身も皇帝を敬《うやま》っているが、フーバーやオフィーリアほど重んじているわけではない。

常に飄々《ひょうひょう》とした態度のダロムよりは勝《まさ》っていると思うし、面従腹背《めんじゅうふくはい》という言葉がピッタリのソシンにも勝るだろう。

だが、クラウゼも自分達で皇子を決められるのは大きな魅力を感じる側だった。

「お前がヘレン皇女を推すなら、俺も推薦したい皇子がいる」

そう言って、ダロムがさらに笑みを深める。

ソシンは小さく頷いた。

◆◆◆

放課後の生徒会室。

金髪縦ロールの少女がレオのそばにやってきた。

「今日もやることがないわね」

「そうだな」

マリーが生徒会長代行を務める事になった影響で、近頃クラリスは生徒会副会長のポストに就いていた。

魔導学院では生徒会長が役員を決めるという慣習があり、マリーが指名したのだ。

二年、三年の生徒の減少は著《いちじる》しく、今や生徒会の半数を一年生が占めるという状態になっている。

だが、そんなことで文句を言う生徒ももういない。

戦乱の影響で通常の学校運営もままならないため、生徒会が主導する行事自体少なくなっているが、学院に残った生徒の団結は以前よりも増していた。

身分や立場にとらわれず、実力や適性のある者が必要とされる役割につく。単に人が減ったという影響もあるのだろうが、レオは学院の空気が確かに変わったと感じていた。

世界情勢が、彼らに古いままでいることを許さなかったのかもしれない。

サラゴンで対峙する同盟軍と帝国軍の膠着《こうちゃく》状態は、すでに一ヵ月以上続いている。

当初サラゴン市民が内部から帝国軍に抵抗するかと思われていたが、そうはならなかった。サラゴンの市民は同盟側に見捨てられたと感じ、フランドルへの反感を募《つの》らせており、むしろ積極的に帝国軍に協力していたのだ。

同盟側の思惑は見事に外れ、決め手を欠くまま時間だけが無為《むい》に流れていた。

今でも同盟軍有利の見方が強いが、レオには同盟側の方が消耗し、攻めあぐねているように思える。

「ちょっとルナちゃん借りていい？」

「ああ。いいよ」

クラリスはレオにじゃれついていた黒猫を抱いて、マリーのところに行った。

クラリスはオルレアン防衛戦の時に人型のルナの姿を目にしているが、今一緒にじゃれ合っている猫がそれとは思っていない。

マリーとクラリスが仲良く黒猫と戯《たわむ》れる光景がレオの目に映った。

「このまま何事もなく戦争が終わってくれれば、それが一番だけどな……」

そんなことを考えながら、レオは大きく伸びをして椅子の背に体重を預けた。

そして視界をはるか上空の衛星アーティファクトからのものに切り替える。

サラゴンの戦況はどうなっているか確認しようとした、その時だった。

「ん？」

レオは思わず驚きの声を出してしまう。

「どうしたのレオくん？」

「心配することないわよ。レオはたまにああだから」

レオの様子を気にするクラリスを、マリーが笑い飛ばす。

レオにしてみれば、彼女達に「なんでもない、心配ない」と言えればどれだけ良かったか分からない。

この時彼の左目は、サラゴンから黒い一団が飛び出して、街を包囲していた軍勢に雪崩《なだれ》込んだのを捉えていた。

ほんのゴマ粒程度の大きさで、そこで何が起きているかは正確には分からない。もっと拡大して見ることもできたが、レオはそれを少し躊躇ってしまった。

マリーとクラリスも、ようやくレオの表情の異変に気がついた。

「レオ、大丈夫なの？」

レオは二人に心配をかけまいと思っていたが、もはや動揺を隠しきれず、平静を装うには手遅れだった。

「今……帝国軍が城門から出て同盟軍に雪崩込んだ」

『え？』

誰の声とも分からない声が、生徒会室に反響した。

皆がレオの方を見る。

大半が、「どうしてそれが分かるんだ」とでも言いたそうな顔だった。

しかし、マリーはごく自然にレオに問いかけた。

「ついに動いたのね。戦況はどう？」

生徒会室の面々は、レオに向けたのと同じ顔でマリーを見ることになった。どうしてマリーはレオの話を疑いもしないで、会話を続けているのだろうか。

「……」

レオは苦々しく顔をしかめるのみで、マリーの問いには答えなかった。

そんな中、クラリスが無言で席を立ってレオに近づく。

「ねえ、もしかしてレオくんはサラゴンの様子が分かるの？」

「……ああ」

生徒会室にざわめきが広がる。

魔法、アーティファクトを問わず、そこまで遠距離の状況を詳細に把握する手段はないからだ。

レオの衛星アーティファクトを除いて。

「どうやって知っているかは聞かない。でも、戦況はどうなの？　同盟軍の様子は？」

レオは重々しく口を開いた。

今彼が誤魔化しても、どうせすぐに〝惨状〟が伝わる。

「帝国軍がサラゴンから打って出た。同盟軍はなんの備えもしていなかったようだ。帝国軍の先陣が接触したそばから、バラバラに後退している。いや撤退か。ほとんど抵抗らしい抵抗はしていないな。統率を失っていて、全体の動きから意図を感じない。各軍が独断で動いているみたいだ」

しばし重苦しい沈黙が続いた。

その間も、レオは戦況に目を凝らしていた。

やがて、クラリスが遠慮がちにレオに問いかけた。

「レオくん……せ、聖女神騎士団は？」

「帝国軍を押しとどめようと頑張っていたみたいだけど、逃げる他の同盟軍に分断されたところに帝国軍が突撃して……」

クラリスがよろめく。

「こんな時、私事を聞くべきではないという自覚はあるのだけど……その……」

レオはクラリスが気にしている事を察し、先回りして答えた。

「ザルバックさんは……多分大丈夫。負傷したようだけど、死んではいないと思う。周りの部下に抱えられて撤退したみたいだ。きっと……大丈夫だよ」

「ホント？」

「あぁ」

「よかった……」

目に涙を溜めたクラリスが、胸を撫で下ろす。

確かにザルバックは生きて戦場から退却したようだ。しかし、傷は深く、かなり危険な状況であると推測できる。

「い、いい加減なことを言うな。僕は信じないぞ！」

二年で庶務を担当する男子生徒が突如声を荒らげた。

彼はレオにとって温和な先輩だったが、今は憎々しげな視線を向けている。彼も同盟側の諸侯の嫡子《ちゃくし》だったはずだ。

クラリス同様、サラゴンでの戦いは他人事ではない。

「先輩、俺は占い師じゃないんだ。空気を読んで、皆が望むことを話しているわけじゃない。事実を話しているんだ」

「どうしてそれが事実だって分かるんだ!?」

レオは少しの間躊躇したが、意を決して口を開いた。

「俺は遙か上空にアーティファクトを飛ばしています。そこからの映像を見ているんです。サラゴンの様子も手に取るように分かります」

「な、なんだって？」

いつもの穏やかさを少し取り戻した庶務の生徒がレオに聞く。

「ほ、本当なのか？」

「はい」

「レオ！」

はっきりと頷くレオを咎めるように、マリーが叫んだ。

今まで頑なに隠してきた衛星次元魔法の秘密をここで話してしまって良いのか、という問いかけだ。

魔法はその技術を秘することで強さを発揮する。特に魔法戦は欺き合いのため、相手に知られていない攻撃方法の存在が大きな価値を持つ。

これは魔法を使う者の間では常識だ。しかし——

「マリー、いいんだ。今は皆に信用してもらうことの方が大事さ。それに、先輩やクラリスは肉親の安否を一刻も早く知りたいはずだ」

レオのこの発言に、マリーは驚きを隠せなかった。

十年引き篭もっていた弟が、自分のことを顧《かえり》みず、他人を気遣う。

「レオくん。さっきは怒鳴ってすまなかった。もし君の話が本当なら、そのアーティファクトでテルメニア軍とその総司令官がどうなったか教えてほしい」

「——っ！」

男子生徒が発した質問に、レオは息を呑んだ。

見るまでもない。なぜなら、帝国第一軍が真っ先に突撃したのが、フランドルの同盟国の一つ、テルメニア軍の本陣だったからだ。すでに最初の一撃で瓦解している。

もちろん総司令官も討ち取られた。そこから帝国による戦場の蹂躙がはじまったのだ。

「総司令官というのは？」

レオは神妙な顔つきで質問を返す。

「僕の父だよ」

「その……」

「ハッキリ言ってくれて構わない」

「多分、いえ……立派な最期を……」

「そうか。事実……なんだろうな」

男子生徒はわずかな動揺を押し殺し、悲しげに微笑むと、自分の席に戻っていった。

そんな時、生徒会室のドアが開いた。

やって来たのは、トルドウス学院長とアイリーン先生だ。

学院長が生徒会室の面々を見回した。

学院長と教師が来たというのに、誰も挨拶をしない。声を上げる者すらいなかった。

「その様子……そうか、もう諸君らは知っているのじゃな。ワシのところにも魔法のメッセージが届いた」

レオが小さく答えた。

「はい。おそらく……いえ……確実に、俺はそのメッセージよりも詳しく戦況をお伝えできます」

「それは……こんな時に適切な言葉か分からんが……ありがたいな。頼む」

この日、フランドル王国を盟主とした同盟軍六十万は、帝国軍二十万に敗れた。

9

数日後。

生徒会室を訪れたトルドゥス学院長が、レオとマリーに話をしていた。

「同盟軍はほとんどバラバラにそれぞれの国や領地に逃げ帰った。もはや同盟としての体《てい》をなしておらん。フランドルの同盟はこれからさらに離反が増えるじゃろう」

トルドゥスは戦争に負けたという事実をもとに今後の見通しを語ったが、レオにもマリーにもそれが真実に思えた。

同盟軍敗退の影響で、学院の生徒数はさらに減った。

テルメニア軍総司令官の父を失った生徒も、学院を辞めて実家に戻っていた。

「バッカドとしては、せめて聖女神騎士団が逃げ切れたらよかったんじゃがなあ……」

同盟側には大きな被害を出しながら撤退した軍や、最後まで奮戦して全滅した軍もあれば、早々に見切りをつけて無傷で戦場を脱出した軍もある。

ザルバック率いる聖女神騎士団は戦場に踏みとどまって善戦したものの、それが災いして、フランドル国内にあるカソンヌ城に逃げ込んだところを帝国軍の追撃部隊に囲まれてしまった。

「地図上でカソンヌ城を見ると、近隣の都市と連携を取るのは厳しそうね……。レオ、実際どんな感じ？」

マリーが心配そうにレオを見る。

衛星アーティファクトで見た状況が知りたいということだ。

「城に篭もって耐えているけど、完全に孤立しているし、帝国軍に十重二十重に囲まれているよ。どこかが援軍を出した気配もない。これだと城を放棄して脱出するのも難しいだろうな」

レオから状況を聞いたトルドゥスは、顔をしかめて唸る。

聖女神騎士団はバッカド教国ほぼ唯一の戦力。安全保障そのものなのだ。

無論、騎士団がこの戦いに全兵力を投入したわけではないが、甚大《じんだい》な打撃を受けたことに変わりはない。

それは、バッカド教国を守る盾に大きなヒビが入るのに等しい。

聖女神騎士団は、今や風前の灯火《ともしび》だった。

学院長でありながら枢機卿としてバッカド教国の政治にも携わるトルドゥスにとって、頭の痛い問題である。

マリーは騎士団の団長を兄に持つクラリスの心情を思うと、やり切れなかった。

そんな時、ちょうど生徒会室に父のグランを伴ってクラリスが入ってきた。

「クラリス……」

「マリーさん、レオくん……」

クラリスほど気丈という言葉が似合う女性もいないのに、今は見るからに憔悴《しょうすい》しきっていて弱々しかった。

学院長が言った。

「これはグラン殿、どうされたのですかな？」

「同盟軍に参加しなかった聖女神騎士団を集めて、カソンヌ城の救援に向かおうと思います」

「なんですと？」

確かに、籠城戦で防衛側が勝つには援軍が不可欠だ。だが……

レオはその考えを否定した。

「無理ですよ。聖女神騎士団には、もう兵力がほとんど残っていないでしょう。他の諸侯や同盟国の軍が呼応してくれなければ、死にに行くようなものです」

グランは静かに首を振った。

「それでも、聖女神騎士団の主力が孤城で援軍を待っているならば……」

「私も従軍しようと思っているの。だから、マリーさんとレオくんとは、今日でお別れね」

父の言葉を継いだクラリスは、寂しげに微笑んだ。彼女はこれが二人との今生の別れだと思っているのだろう。

「クラリスさん。何も若い君まで行くことはなかろう」

トルドゥスはクラリスを思いとどまらせようと説得を試みる。

「兄が……戦っていますから」

その言葉を聞いて、トルドゥスもそれ以上何も言えなかった。

「本当は私が騎士団を率いて前戦に立つべきだったのですが……ふがいない父親です」

グランは自嘲気味に少し笑った。

「娘を止めることもできず、息子のザルバックがああいう性格ならば、父親としてはもう二人に付き合ってやることしかできませぬ」

心身共に精強な息子や娘と違って、良くも悪くもグランはただの人の親だった。だが、それがかえってレオの心を打った。

「大丈夫」

急に言葉を発したレオに驚いて、生徒会室にいた者達が顔を見合わせた。

レオは歩いてクラリスの正面に立つ。

「ザルバックさんは俺が守るよ。心配ない」

「え？」

「まあ、そうは言っても簡単には信じてもらえないだろうな。でも、お前とグラン様が出陣する前に片を付けるよ」

「で、でも……！」

一人で軍隊の相手をするなんて無理よ——クラリスはその言葉を呑み込み、黙ってレオを見つめることしかできなかった。兄を助けたいという思いと、レオを危険な目に遭わせたくないという思いとの板挟みで、何を言えば良いのか彼女自身にも分からなかった。

グランはレオの肩に手を置いて、首を横に振った。

「レオくん、君の実力が帝国の魔将をも凌《しの》ぐほどだということは、私も分かっているつもりだ。できればその力を頼りたいと思わないでもない。だが……これは我々大人が始めた戦争なんだ。その尻ぬぐいで君の手を血に染めるわけにはいかん」

「そうじゃ」

衛星次元魔法の真価を知らないまでも、レオが規格外の超人であることはここにいる誰もが認めるところである。

合理的に考えれば、レオに任せるのが最も確実な方法だった。しかしそれでもなお、大人達はレオの手に騎士団の運命を委ねることを拒否した。

決して年長者としてのプライドなどではなく、彼らの常識と良心が否定したのだ。

結局、レオは同意を得られぬまま、独断でカソンヌ行きを決めたのだった。


翌日早朝。

うっすらと朝霧が立ちこめる中、オルレアンの城門を出る人影があった。

カソンヌ城に向かうレオとルナを、マリーが見送りに来ていた。

「二人とも、本当に行くの？」

「ああ」

「それは、クラリスさんのため？」

「違うよ」

「ならどうして？」

レオは少し考えてから答えた。

「二大強国のバランスはもう崩れてしまったけど、聖女神騎士団が完全に消滅して、バッカド教国まで呑み込まれてしまったら、世界はイグロス帝国一色になってしまうだろ？　それは俺達が望む世界じゃない」

その言葉を受けて、マリーが目を白黒させる。

「どうしたんだ？　俺、なんか変なこと言ったか？」

「いや……レオがそんな世界的なことを考えているなんて」

「どういう意味だよ」

レオは反発しながらも昔のことを振り返って、この十年間マリーにもルナにもさんざん迷惑をかけたことを思い出した。

「レオもちゃんと成長してるのね」

「あんまりからかうなよ」

「もう、褒《ほ》めてるのにっ」

「普段の言動を考えると、とてもそうは思えないな」

そう言うと、レオは身を翻してカソンヌ城へ向かって走り出した。

レオの後を追おうとするルナに、マリーが呼びかける。

「ルナちゃん！　レオが無茶しそうになったら止めてね！」

ルナは一度足を止めてマリーに笑顔を見せた。

「心配しなくても、レオはもう大丈夫だよ」

そして彼女も走り去った。

◆◆◆

聖女神騎士団が逃げ込んだカソンヌ城は比較的小さな城で、そもそも籠城の備えなどしていなかった。

すでに兵糧も尽き果て、同盟軍が敗れた今となっては、援軍の望みもない。

騎士団長ザルバックが今恐れていることは敗亡ではなく、父と妹が討ち死にを覚悟の上でバッカド教国に残した騎士団員を引き連れて援軍に来ることだった。

「副団長、私の首を帝国の将に届けてくれないかな？」

薄暗い執務室の椅子に座ったザルバックが、おもむろに口を開いた。

「――な!?　団長」

居合わせた副団長はしばし言葉を失う。

「……私の首を手土産《てみやげ》に全面降伏すれば、帝国も団員の命までは取るまい。後のことは頼む」

副団長はザルバックを深く尊敬し、バッカド教国に欠くべからざる人物だと考えていたが、騎士団を存続させるにはそれしか方法がないことは理解できた。

長い沈黙の後、ザルバックの覚悟を汲んだ副団長は、腰に帯びた剣の柄に手をかけた。

「……御免《ごめん》！」

副団長の剣がザルバックの首筋に振り下ろされたまさにその瞬間、急に現れた黒い影に刃が弾かれた。

「な、なんだ？　誰だ！」

薄明かりの中、ザルバックが目を凝らすと、剣を弾いた侵入者は獣人の女性らしかった。

彼女にはどこかで見覚えがあった。

「き、君は。オルレアン攻防戦で……」

ザルバックは女性に話しかけたが、答えは別の方向から聞こえた。

「ザルバックさん。アナタが死んだらグラン様とクラリスが悲しむ」

「君は……レ、レオくん」

いつの間にか、ザルバックの前にはレオが立っていた。

「敵を防ぐため、常時魔法的防衛をしているこの城に、どうやって入った？」

ルナはかつてルドルフが張り巡らせた魔法的センサーを何度も突破してレオの家を訪ねたこともある、侵入の天才なのだ。

レオはザルバックの問いには答えずに続けた。

「ここに来る前に、帝国のシュタイン、マイヤー両軍の陣を見てきた。二人は協力し合うために、同じ場所にいる」

「……どういうことだ？　七魔将といえば、互いに功を争うライバル関係だと聞くぞ」

「二人は俺が倒す。ザルバックさんは早まらないで、ここでもう少しだけ騎士団を支えてくれ」

レオはそう言い残して、ルナと一緒に窓から飛び出していった。

「彼は一体……？」

呆然とやり取りを眺めていた副団長が、ザルバックに聞いた。

「かつて〝災厄〟から世界を救った英雄の子孫だよ。いや、血は争えないものだな。いずれ、彼自身が英雄と称《たた》えられるだろう」

ザルバックは立ち上がった。

「団員に告げろ。三日以内に必ず回天《かいてん》する！　女神ナリアの加護は我らにあり！」

「はっ！」

力を取り戻したザルバックを見て、副団長も力強く答えた。

◆◆◆

シュタイン、マイヤーは陣幕の中で酒を酌《く》み交わしていた。

「ふふふ。まさかマイヤー将軍とこうやって戦場で酒を飲むことになるとは、分からんものだ」

「悪くはないな」

上機嫌に笑うシュタインに、マイヤーが言葉少なく応えた。

これまで二将は特別仲が悪かったというわけではないが、決して良くもなかった。

軍人としても、皇位継承者を推す後見人としても、ライバルなのだ。

「聖女神騎士団がいなくなれば、バッカドは落ちたも同然だ」

シュタインが一気に酒を呷《あお》る。

「いやそうではない。シュタイン将軍」

「どういうことだ？」

「あのフーバー将軍とレイズン皇子が聖女神騎士団ごときに後《おく》れを取るものか。噂に名高いザルバックも、この程度の歯ごたえだぞ」

「つまり？」

「バッカドを守ったのは……いや、フーバー将軍を消したのは、大賢者ルドルフか、あるいは……」

「なるほど。そもそもルドルフの前妻と娘を要求したのだからな。奴が出張《でば》ってきても不思議ではない。フーバー将軍を倒せる者など、俺と貴公を含めても世界中にそうはいない。で、その言いぶりだと他にもいるのか？」

マイヤーは少しだけ間を空けて答えた。

「帝国七魔将を倒せるほどの強者は、帝国七魔将だけだ」

「……なるほど。そういうことか」

「この遠征中に、必ず来る。ルドルフか、奴の刺客《しかく》がな」

「それで此度《こたび》の共闘の打診か。合点《がてん》がいった。このまましばらくはお前と協力した方が良さそうだな」

「どちらかの皇子が帝となるまでは、そうしよう」

マイヤーが酒杯《しゅはい》を目線の高さに掲げる。シュタインも同じように杯《さかずき》を上げて応じた。

その瞬間、二人は陣内に侵入する未知の魔力を捉えた。

「ん？」

「どうやら、客が来たようだな」

シュタインは杯を置いて立ち上がり、マイヤーもそれに続く。

「鬼が出るか、蛇《じゃ》が出るか……」

「ルドルフとアイツ……我々にとって厄介なのはどちらだろうな？」

よもや二人が侵入を察知しているとは、刺客も思うまい——二人はほくそ笑みながら陣幕を出る。

見ると、積み上げられた物資の山の上に長身の少年が立っていた。

凄まじい魔力を内包していることが感じられる。

「まだ子供だぞ」

「油断されるな。おそらくあれが、フーバーを消した男だ。シュタイン殿」

「ああ、油断はしてねえさ。マイヤー将軍」

マイヤーが叫ぶ。

「貴様は何者だ⁉」

二人の陣幕を守っていた近衛《このえ》兵が、一斉に二将に注目する。

そこでようやく敵がいるのではと気づき、探しはじめた。

そして侵入者の姿を見つける。

「な、どこから侵入した？」

「ともかく、捕らえろ！」

慌ただしく動き出す兵達を、シュタインが制した。

「やめろ！　お前らに相手ができる奴じゃない！」

それを見て、少年は二人に思念を送った。

魔法的なテレパシーだ。魔法に抵抗力のない者が下手に受信すれば、精神支配される危険性もある。

だが、二将は躊躇いなくそれを受けた。それだけ魔法に自信があったのだ。

テレパシーの内容は驚きの事実だった。

「ルドルフ・コートネイの息子……だと」

二人は同時に目の前の少年が強敵であることを確信した。

魔法戦において敵を倒すその時まで隠すとされる魔法の奥義《おうぎ》を、二人ともこの戦いで惜しみなく出し尽くす覚悟だ。

しかし、それは少年も同じだった。

帝国——いや、世界最強の七人とも謳《うた》われた二人が最後に見た光は、少年が隠し続けた裁きの日の秘密だった。

◆◆◆

再び世界が震撼《しんかん》した。

同盟軍を打ち破り、フランドル国内を破竹の勢いで進軍していたシュタイン、マイヤーの二将軍が、親征していた皇子とともに忽然と消えたのだ。

聖女神騎士団の一部が本陣を狙って突撃を敢行したとも、皇位を争って内輪もめがあったとも、あるいは何者かに暗殺されたとも言われているが、今もって真相は謎に包まれている。

帝国第一軍、帝国第四軍はほとんど損害を受けていなかったが、指揮する将軍も皇子もいなくなってしまえば撤退せざるを得なかった。

彼らの大目的である皇位継承権争いから脱落したのだから。

もちろん、帝国本土でも消えた二将軍の噂で持ちきりだった。


「まさかシュタイン、マイヤー将軍がいなくなるなんて……アナタは大丈夫なの？」

イグロス帝都にある娼館《しょうかん》の一室で、ベッドに横になった女が窓際の男に問いかけた。

娼館といっても、ここは超高級で一般人が足を運ぶことはできない。

「フフフ」

笑ったのは七魔将の一人クラウゼだ。

「なにがおかしいのよっ。心配しているのに！」

「いや、悪い悪い」

この娼婦はクラウゼにぞっこんのようだ。

彼女の態度からは、単に客に対して見せる以上の熱っぽさが感じられた。

それもそのはず、クラウゼはこの娘を独占するために彼女の全ての時間を買っているのだ。だから彼女が他の男の相手をすることはない。

二人が出会ってからずっとそうだった。

それでも彼女を身請《みう》けしないのが、クラウゼという男だった。

「将軍は本当に聖女神騎士団にやられたの？」

「ハハハ。お前は純粋だな」

真面目に取り合わないクラウゼに腹を立てた娼婦は、裸で娼館の窓から街を見下ろすクラウゼに枕を投げた。

ところが、枕はクラウゼに触れる前にバラバラになった。

なめらかな羽毛が飛び散って、ゆっくりと舞い落ちている。

「え？」

「おいおい。枕くらいならいいけど、素手で殴りかかったりなんかするのはやめてくれよ。お前の白い肌がズタズタになっちまうぜ」

クラウゼの周りには見えない刃が無数に飛び交っていて、彼を攻撃するものには自動的に反撃するのだ。

「ご、ごめん」

女は目の前の男が帝国の七魔将として恐れられている人物であることを改めて思い出し、わずかに身を竦ませた。

「いや、いいんだよ。あの二人が聖女神騎士団にやられたか、だよな？　そんなわけないだろ？」

「じゃあ誰に？　突然消えたって聞いてるけど？」

「あの二人を消せるやつなんて、アイツに決まっているだろう」

「アイツって？」

クラウゼはそれには答えなかった。

レオが裏で動いたという事実を知らない彼は、ソシンの仕業だと確信していた。

「ところでメリー。お前さ、ニヒト皇子が皇帝になったら、俺と一緒にならないか？」

「は、はぁ？　ニ、ニヒトってアンタが推している皇子でしょ。あの人評判悪いよ。アンタには悪いけど、なれるわけないじゃない」

クラウゼはこう考えていた。

ソシンは不気味な男だが、奴が策をめぐらせるよりも先に動けば、自分が負けるわけがない、と。

だが、もし自分がすでに奴の術中に嵌まっていたとしたら……そんな考えを振り払うように、彼は大きくかぶりを振った。

「絶対にならないからそんなことを言って、私をからかっているんでしょ。大体……将軍のアナタが私を……こうしてくれるだけで……」

女はクラウゼの手に絡みつき、再びベッドに誘《いざな》った。

「いや……なるさ。必ずなる。ニヒトが皇帝になるのに必要なのは力だけなんだから」

「なら、期待しないで待ってる……」

しかし、彼女のささやかな望みが叶うことはなかった。


翌日、クラウゼはニヒトと共に血の海の中に倒れていた。

「ぐはっ。なんか昨日から嫌な予感がしていたが……こういうことだったか……。信じられねえほど強いな……」

そう自嘲するクラウゼを、仮面の男ソシンが見下ろしていた。

今も仮面はそのままだが、それを取ったところで同じ無表情の薄気味悪い顔が出てくるだけとしかクラウゼには思えなかった。

「帝国の七魔将も落ちたものだな。こんな宦官《かんがん》にほとんどやられちまうとはよ」

クラウゼの見えない無数の刃は自動で彼を守るだけでなく、任意の相手を攻撃することもできる。

ところが、ソシンを襲うはずの刃は、逆にクラウゼとニヒトを刺し貫いたのだ。

どうしてそうなったかも気になったが、薄れる意識の中でクラウゼが最後に思ったのは、あの娼婦との約束を守れなかったという後悔だった。

「メリー。やっぱり俺が皇帝を……作るのは無理だったよ……」

ソシンはそれを見下ろしながら、やっと一言発した。

「そうだな。ニヒト殿下を皇帝にするにはアナタでは力不足だ」

それが、魔将クラウゼへの手向《たむ》けの言葉になった。

10

帝国の国民は、帝国が呪われているのではないかと噂しあった。

皇子と七魔将の不審死が相次ぎ、ついには帝国第三軍を預かる七魔将のクラウゼがクーデターを起こして、同じく七魔将のソシンに討たれるという大事件が起きた。

そのような重大な事態にもかかわらず、皇帝は永らく公の場に姿を見せていない。

戦勝続きとはいえ、度重なる戦役で税ばかり重くなり、民衆の表情に暗い翳《かげ》を落としていた。

帝国の帝都のとある酒場では、今日も客達が昨今の戦乱や政治のあり方についてヒソヒソと話していた。

大きな声で話すと当局に摘発されるからだ。

「まさか、クラウゼ将軍がニヒト皇子とクーデターを起こすとな」

「夜の街に気軽に現れるって話で、この界隈では人気だったのにな」

「まあ、フーバー将軍とレイズン皇子がオルレアン攻略戦で負けたのがケチのつきはじめさ。女神ナリア様のお怒りを買ったんだんだ」

それを聞いて、隣のテーブルにいた大柄な若者がピクリと反応する。

若者が立ち上がろうとするのを、同じテーブルで食事をしていた細身で長身の若者と、フードを被った金色の目の少女が止めた。

「でもレイズン皇子が皇位を継承なされてフーバー将軍が支えれば、帝国はきっと良くなったのになあ」

立ち上がろうとしていた大柄の若者が席に座りなおす。

「そうだな。でも今思えば、ケチのつきはじめはもっと前だった気がするよ。二十年ぐらい前だったかな、森の獣人に言いがかりをつけて手枷足枷《てかせあしかせ》の奴隷《どれい》獣人が街に溢れた時があっただろう。あの時からさ。奴らが信奉する森の神を怒らせたのかもしれないな」

今度は何やらフードの少女が暴れだしたが、それを細身の長身の若者と大柄の若者が慌てて押さえる。

「そうだな。あの時からろくな事がない。そこからずっとわけの分からない疫病《えきびょう》が流行《はや》っているし……。皇帝陛下が庶民の姫様をご寵愛したこともあっただろう」

「ああ、確かミューズ殿下か」

「あの人も正妃になると思ったんだがなあ。病気で亡くなられて、陛下ご自身も……」

「美しい方で、庶民にも大人気だったんだがなあ。確かミューズ殿下にも皇子がいらっしゃったような」

「いたな……でも、いつしか話題にならなくなった……庶民感覚がある皇子が次期皇帝になってくれればいいが……」

「あの得体の知れないソシンが連れてくる皇子なんて、ロクな人物じゃないだろう。もしかしたら仮面の皇子かもしれないぞ？」

「しっ……やめろっ。酒がまずくなる。それに、誰かに聞かれたらどうする」

「すまねえ。だが、誰が次の皇帝になるにしろ、もう戦争はこりごりだよ。税が重くてこうして酒を飲む金もままならないし、何より、街に活気がない」

「シケた気分で飲む酒は美味くないからな……どうだ、この後久々に博打《ばくち》でも？」

しばらくして、話し込んでいた客はマスターに金を払って店を出ていった。

食事を食べ終わった隣の席の細身の若者――レオが口を開いた。

「帝国民には、必ずしも侵略が支持されてるわけじゃないんだな」

それに応える大柄の若者はベルナーだ。

「当たり前だろっ！」

今度はフードを被ったままのルナも不満を表した。

「ふん！　獣人をひどく扱って許せない！」

「まあまあ、実際にあの人達がそうだって話じゃないから」

彼らは情報収集をしに酒場に来ていたが、二人が興奮しはじめたので店を出ることにした。

「よし。帝国の庶民の様子はなんとなく分かったし、宿に戻るか」

レオが席を立ち、ベルナーとルナも頷いて後に続いた。

三人は夕闇に包まれた帝都の表通りを静かに歩く。

「まだそれほど遅い時間じゃないのに、出歩く人が少ないな」

レオの感想にベルナーが応えた。

「庶民の地区は景気が悪いのさ。戦争ばかりしてるからな。金を持ってるのは軍人だけだ」

帝国の軍事国家ぶりが改めて浮彫りになる。

宿に戻った三人は、同じ部屋に入って再び顔を突き合わせた。

ベルナーが懐から紙を取り出して呟く。

「なあ、この手紙、本当のことだと思うか？」

レオとルナは、なんとも答えられなかった。

魔導学院にいるベルナーに届いたその手紙こそ、三人が帝都に来た理由である。

カソンヌ城の聖女神騎士団を救出したレオとルナは、オルレアンに戻るなり、この手紙の件で相談を受けた。

手紙の冒頭には、つらつらと帝国の内情が書かれていた。

「皇子が次々倒れ、民は疲弊している、か。酒場の連中の話を聞くと、少なくともそこの部分は事実が書かれているようだな。だが、問題は……」

皇子の不審死については、レオも民の様子を見て事実だと判断していた。

「そうだ。この後だ……」

手紙の後半にはこうあった。

『今、我々の派閥《はばつ》はベルナー殿下をお待ちしております。ベルナー殿下が皇位に名乗りをあげられるならば、いかなる支援も惜しみません。――ヴォルキン・アイランド』

これに関しては、当のベルナーも安易に信じることができないようだ。

「ヴォルキン・アイランドって人は何者なんだ？」

レオがベルナーに尋ねた。

「良く言っても税金泥棒か腰巾着《こしぎんちゃく》。悪く言えば寄生虫ってところだ」

「良くて腰巾着ねえ……」

およそ皮肉めいたことを言わないベルナーにここまで言わせるヴォルキン・アイランドとはどのような人物なのかと、レオの中で若干の興味が湧いた。

ベルナーの話によると、ヴォルキンは文官の筆頭の大臣らしい。

帝国は軍事国家であるため、文官よりも七魔将のような武官の方が尊重される。

「――元々、そういう面はあるけどな。文官を軽んじる風潮にヴォルキンが拍車《はくしゃ》をかけたみたいなものさ」

「どういうことだよ？」

ヴォルキンという老臣は、その時々に一番権力が強い者に取り入ることが使命だと考えているかのごとき人物らしい。

ベルナーの母が皇帝の寵愛を一身に受けていたころは、ベルナーもヴォルキンの媚《こ》びる笑顔を毎日のように見ていた。

もちろんそれは全て作り笑いで、皇帝の寵愛がなくなってからは一度もその顔を向けられたことはない。

「絵に描いて貼り付けたみたいな、わざとらしい笑顔だったよ」

レオは少し考えてから言った。

「でも、今はそのヴォルキンじゃなくて、ソシンとかいう七魔将の一人が、皇帝が病床に伏しているのを良いことに、専横を敷いているんだろ？」

「らしいな。ソシンは聞いたこともない名の皇子を引っ張り出してきて、次期皇帝に立てるつもりだとかいう噂まである。操り人形にしようって魂胆が見え見えだぜ」

「だとしたら、手紙の意図は二つしかない。ヴォルキンは自身の派閥で本当にお前を支援して皇帝として立たせようとしているのか……あるいはそう言っておびき出したお前を密かに抹殺《まっさつ》して、今の権力者ソシンに媚《こび》を売るためか」

「ははは。そりゃ間違いなく後者だ。全財産を賭けてもいいぜ」

「お前の全財産はポケットの中に入ってるだけだろ」

三人はもちろん罠であるという前提のもとに、ヴォルキンに会いに来ている。

帝国の中枢に近い人物に接触できれば、帝国に移送されたきり消息が掴めないクリスティーナについて、何か手がかりが得られるかもしれないという淡い期待もレオにはあった。

だが一方で、これは本当に罠なのだろうかともレオは思う。現皇帝カールの子は数十人はいるという。立て続けに皇子が死んだり消えたりしていると言っても、名の知れた有力皇子だけのようだ。皇位継承争いからドロップアウトした末席皇子のベルナーを消したところで、それほどソシンに媚を売ることにはならないのではないか。

いずれにしても明日、答えが分かる。

◆◆◆

レオとベルナーは帝都郊外の見晴らしの良い草原にいた。

「罠を張るにしては随分開けた場所だな？」

「……」

レオが問いかけたが、ベルナーは口を閉ざしたまま何も答えなかった。

ここはヴォルキンの手紙で指定された場所だ。

視界を遮るものはほとんどないが、レオ達は念のため草むらに身を隠していた。

万が一、何かしらの罠だった場合に備えて、ルナは宿で待機している。

レオは事前に衛星アーティファクトからの目で、半径数キロにわたって確認していたが、伏兵の存在など怪しいところはなかった。

レオの目が、こちらに接近する一台の馬車を捉えた。

「馬車がやってくる。周囲におかしなところはないし、他に近づいてくる者はいない。もっとも、馬車の中に刺客がいる可能性はまだあるけどな」

「いるさ。きっとな……」

もし馬車に乗っているのが刺客だったとしても、魔法が得意な者ではない。

もし魔力を帯《お》びていれば、レオが感知しているはずだからだ。

少し離れたところに馬車が停まった。

草陰に伏せていたベルナーが立ち上がる。

レオも隠れる気はなく、ベルナーの傍《かたわ》らに立った。

やがて、二人の男性が馬車から降りてきた。

一人は矍鑠《かくしゃく》としている老人、もう一人はかなり若い。

「間違いない。先を歩いている年寄りがヴォルキンだ。もう一人は……知らない男だな」

ベルナーが小声でレオに告げる。

レオが見たヴォルキンという人物の印象は、ベルナーが言うような腰巾着ではなかった。話に聞いたわざとらしい笑みもない。

二人の男はベルナーのそばで足を止めた。

「お久しぶりです。ベルナー殿下」

「ああ、俺の母さんが病気になって以来か。前は三日と空けずに顔を合わせていたのにな」

ベルナーは皮肉で応じたが、ヴォルキンは取り合わなかった。

「後ろの方はご友人ですか？」

「そうだ」

ベルナーは肯定しただけで、レオについて詳しく話そうとはしなかった。

それでもヴォルキンの方は頷いた後に、同行した人物を紹介した。

「こちらは中央軍副司令、アレン殿です」

「な？　副司令……アンタが。確かに若いな」

ベルナーが驚きの声を上げた。

「何者だ？」

レオはベルナーに耳打ちする。

「帝国には七魔将が管轄する七軍の他に、中央軍がある。その副司令に若い軍人が大抜擢されたという話をイザベラから聞いた。まあ、俺が完全に親父に遠ざけられてから登用されたから、顔を見るのは今日が初めてだ」

アレンが頭を下げる。

「アレンです。後方支援と事務処理ばかりで、帝国軍人らしくないと言われておりますが、お見知りおきを」

どうやら彼は、自ら前線に出て戦う武人ではないらしい。

軍隊という組織においても事務的な仕事は多い。その繋がりがあって、ヴォルキンと交流を持ったのだろうか。

「いや、そもそも中央軍は各軍への補給と帝都防衛を担う予備兵力だからな。実戦に出ないのは当然だ」

ベルナーは謙遜《けんそん》するアレンを擁護《ようご》した。

「アンタみたいな人は、こんな腰巾着とつるむべきじゃないな」

ベルナーの口ぶりからすると、アレンに対する評価は悪くないようだ。だが、ヴォルキンへの批判は辛辣《しんらつ》だった。

ベルナーには、母親が皇帝からの寵愛を失った時にヴォルキンから手のひらを返された記憶がある。

「そのお言葉の通り、私は腰巾着です。いや、世間からは寄生虫と蔑《さげす》まれているのも知っています」

「ヴォルキン様、それはあまりにも……」

「いや、いいのです。アレン殿」

アレンは弁護する素振《そぶ》りを見せたが、ヴォルキン本人がそれを止めた。

「しかし、寄生虫とて、宿主が死ねば死んでしまうもの。帝国が滅ぶのを座して待つわけにはいかなかったのです」

「帝国が滅ぶ？　馬鹿な。フランドル相手に連勝じゃないか。将が消えても兵を損なったわけではない。同盟諸国だって、帝国を攻める余力はないはずだ」

「いいえ、むしろ帝国は内側から蝕《むしば》まれていると言えましょう。皇子が次々と亡くなっているのをご存じないですかな？」

「次期皇帝筆頭だった、レイズン兄貴もいなくなったな。もちろんそれは知っているが……」

「……」

ヴォルキンはそこで一旦言葉を切った。

レオもベルナーも、ヴォルキンが言わんとするところに気がついた。

「おい、ベルナー……これってやっぱり」

「そんな馬鹿な！　親父の子供は数十人ってイカレぶりだぞ？　そう簡単に……」

ヴォルキンがまた話しはじめた。

「もちろん、全ての皇子が殺されたわけではありません。ですが、ご存命のお世継ぎは数少ないのです。私達の派閥としては、ベルナー殿下に頼らざるを得ない状況です。庶民に戻してやれという陛下のご意向を無視する形にはなりますが……」

「な、なんだって？」

その発言には、レオやベルナーに衝撃を与える事実がいくつか含まれていた。

まず、レオ達が思っていたよりもはるかに多くの皇子が殺されているらしいこと。

そして、ヴォルキンの派閥がベルナーに何かを頼ろうとしていること。

さらに、ベルナーにとって最も衝撃的だったのが、父である皇帝カールにはベルナーを庶民に戻そうという意思があるらしいということだ。

「庶民か……俺はそこまで親父に憎まれていたというわけか」

そうは言ったものの、ベルナーは内心では皇帝の本当の意図になんとなく気づきはじめていた。

レオもそのことを指摘する。

「いや、ベルナー、それは違うんじゃないか？　ひょっとして親父さんは……」

しかし、ヴォルキンによってレオの言葉は遮られる。

「今、病床の皇帝陛下に代わってソシン殿とダロム殿が皇太子を決めようとされている。ヘレンという十歳ほどの内親王殿下を立てるそうです」

「なんだって⁉　十歳の少女が次の皇帝になるってことか？　もし、そいつが女帝になったら他の皇子はきっと……」

怪しい皇位継承が行なわれた場合、その後の兄弟、姉妹の運命を想像するのは難くない。それは地球の歴史を見ても明らかだ。

口を挟んだレオを、ヴォルキンは改めて観察した。

「なるほど……。私達がベルナー殿下を選んだのは間違いではなかったようだ。左様でございます。ヘレン殿下は右も左も分からない、年端のいかぬ少女でございます」

「遠からず、大々的な粛清が始まるでしょうね。それゆえ、我々は手遅れになる前に精強な皇子を盛り立てなくてはならないのです」

アレンが補足した。

「そういうことか。おい、ベルナー。この話、信じていいんじゃないか？」

「親父は……そんなに悪いのか？」

だが、ベルナーが発したのは今さらな質問だった。

帝国の市民の噂でも、皇位継承の話が取り沙汰《ざた》されるほどなのだから、カールはよほどの重病に違いない。

だが、レオはそこで気がついた。ひょっとしてベルナーは、自分の父親の病状をそこまで深刻なものだとは考えていなかったのではないだろうか、と。ちょっとした流行病で寝込んでいるのを、世間が大袈裟に騒ぎ立てているのだと思い込んでいた可能性がある。

実情と認識が大きくずれていたのだ。

ヴォルキンもようやくそれに気がついた。

「陛下はもう、いつ迎えが来てもおかしくは……」

「……な、なんだって……あの親父が？　う、嘘だろ？」

ベルナーはそれっきりしばしの間、絶句した。

その時、一頭の早馬が草原を駆けてきた。

レオは罠かと警戒したが、攻撃的な魔力は感じない。ただの伝令のようだ。

ベルナーもこれには反応せず、放心して立ち尽くしていただけだった。

早馬で駆けつけた男は、ヴォルキンの耳元で何事か囁《ささや》いた。

「なに？　うむ。ああ……よく知らせてくれた……」

男はまた馬に乗って、慌ただしく去っていった。

話を聞いて、明らかにヴォルキンの顔色が変わったので、レオが尋ねた。

「さっきのはなんだったんだ？」

「密談は終わりです。委細は後日詰めるとして――」

「おい。人を呼び出しておいて、何を勝手に……」

ベルナーの抗議を、ヴォルキンは頷きながらも止める。

「今はベルナー様を〝ある場所〟にお連れ申し上げたく」

「はあ？　どこかに移動するのか？　罠でないという保証は？」

「保証はできませんが、移動する理由は説明できます」

「理由？」

訝しむベルナーに、ヴォルキンは少し躊躇ってから言った。

「典医の話では……陛下が危篤《きとく》です。ベルナー様には是非お会いして頂きたい」

◆◆◆

帝宮の奥、小さな一室のベッドに老人が眠っていた。

いや、老人のように憔悴した男というべきか。

帝国の版図を広げ、数十人の子供を作った男とは思えないほど衰弱していた。

「コレが、皇帝なのか」

レオは思わずそう口に出していた。

レオみたいな部外者が病床の皇帝へのお目通りが許可されるなど通常では考えられないことだが、
ヴォルキンは彼の同行を呆気なく許可した。

一方、横たわる皇帝の姿を見たベルナーは、レオとは違う意味で衝撃を受けていた。

「お袋と同じだ」

ベルナーが呟いた。

病死したベルナーの母ミューズと、今の皇帝の病状がそっくりだということだろう。

ヴォルキンは看病していたメイドに目配せして、退室させた。

「陛下……ヴォルキンです」

彼が耳元で声をかけると、皇帝が目を開いた。

「おお、ヴォルキンか。その若者達は？」

「実は……」

しかし皇帝はヴォルキンが説明する前に、来訪者の正体に気がついたようだ。

「おお、ベルナー……ベルナーか。大きくなったが、目元にミューズの面影《おもかげ》がある」

「アンタ、俺が分かるのか……何年も会ってないんだぜ……」

ベルナーは声を詰まらせて言った。

「分からないものか」

レオはその光景を眺めていたが、不意に肩を叩かれた。

振り向くと、アレンが無言で頷いていた。

皇帝とベルナーを二人きりにしようという配慮らしい。

ヴォルキンとともに、三人は皇帝の部屋を後にした。

アレンは扉を閉めると、ここはメイドに任せて三人で話そうと提案したが、ヴォルキンはそれを断り、部屋の前で番をすると言ってその場に残った。


レオはソファの並ぶ小さな応接室に案内された。

「不用心だな。俺のような男を皇帝に近づけて」

レオの指摘に、アレンは苦笑する。

「かれこれ一、二年前から、陛下の周りはこのような状態です。入ろうと思えば誰でもというわけではありませんが、私でも簡単に出入りできます」

「なんだって？」

「代わりに、ソシン殿の周りには機嫌を窺う佞臣《ねいしん》が列をなしている有様。知らぬは外で戦争に明け暮れている七魔将ばかり。その七魔将も、今やソシン殿と、実情に気がついていたダロム殿しかいないのですが」

レオが声を潜《ひそ》めて責めるような口調でアレンに問いかけた。

「お前らはベルナーを担ぎ上げて、ソシンとダロムっていうのと戦うつもりなのか？」

アレンは堂々と答える。

「そうです」

「それは、今のベルナーにあんまりなんじゃないのか？　兄弟や姉妹と戦うことになるんだぞ」

レオはそう言って、自分自身の言葉に驚いた。

ルナ以外に誰にも会わずに引き篭もって、他人と関係を絶っていた自分が、このような発言をするとは。

だが、紛れもない本心だった。

「ベルナー殿下のことを本気で心配しておいでなのですな。殿下は君のような真の友人を持てるお方だ。ただ血を引くだけの皇子は数いれど、やはり次代の皇帝はベルナー殿下をおいて他にはいますまい」

それからしばらく、レオとアレンは語り合った。

アレンは年下のレオに対しても、ざっくばらんに話した。

長い間、アレンにとっても、ヴォルキンは強者におもねる寄生虫のように見えていたという。

「――ですが、帝室が危急存亡《ききゅうそんぼう》の秋《とき》を迎えた今、誰もがソシンの目を恐れる中、ヴォルキン様は反ソシン派をまとめ上げたのです」

「なるほど」

「結局、ヴォルキン様は骨の髄《ずい》まで腰巾着だったということでしょう。陛下の、ね」

話が一段落した頃、部屋の外からヴォルキンの声が聞こえてきた。

「アレンと客人はここか？」

「はい」

部屋に入って来たヴォルキンの目は、やや赤く腫《は》れぼったかった。

「陛下が……崩御《ほうぎょ》なされた……」

しばらくして、無言のベルナーと合流したレオは、帝宮を後にすることにした。

別れ際にヴォルキンは、派閥の態勢が整い次第、レオとベルナーが泊まっている宿に連絡すると言った。

それまでに皇位継承に名乗りをあげるか、ゆっくり考えて欲しいと。

アレンがレオに歩み寄り、耳打ちした。

「正直、あまりゆっくりできる時間はありません。ベルナー殿下の決断には、君のはたらきかけが大きく影響するでしょう」

「……保証はできないぞ」

「期待しています。敵は既にこちらの動きに勘づいているでしょう。我々にはもう、その道以外残されていないのです」


レオは一言も喋らないベルナーと並んで街を歩いていた。

「……」

ルナが待つ宿への道を戻りながら、沈黙したままのベルナーに言った。

「お前の好きなようにすればいいさ。お前が皇帝なんかやりたくないって言っても、あの爺《じい》さん達と母さんぐらいは俺が救ってやる」

ベルナーはそれでも無言だった。

11

皇帝の死から五日が過ぎた。

正式な発表はおろか、庶民の口から皇帝が死んだという噂話すら聞くことがなかった。

そして、宿で待つレオ達のもとにヴォルキンからの連絡もきていない。三人は何をするでもなく、帝都の宿に滞在していた。

変わり映えのしない帝都の様子を見ていると、五日前のことは幻だったのではないかとすら思える。

しかしその日、レオ達が泊まっている宿の入り口付近で男が倒れるという事件が起きた。

フロントでの騒ぎを聞きつけて、レオ達が顔を出す。

倒れた男はフードを被っていたが、レオはその顔に見覚えがあった。

小さな声でベルナーに告げる。

「あの男、草原での密談の時に来た伝令じゃないか？」

「ああ、そうだな」

「血だらけだが、まだ息がありそうだぞ」

レオは宿の親父さんに言って、フードの男を部屋に担ぎ込んだ。

部屋に入れるなり、濃い血の臭いが充満した。

「おい。どうした？」

フードと上着をはぎ取ると、男の腹部には矢傷があった。

レオは手製のポーションを使って手当てする。

なんとか一命はとりとめることができそうだ。

「……た、助かる」

男が苦痛に喘《あえ》ぎながらも口を開いた。

「ヴォルキンの使いだな？」

「そうだ」

レオの問いかけに、男が短く答えた。

「で、何があったんだ？」

ベルナーの返事を聞きに来たなどという状況でないことは、一目瞭然《りょうぜん》だ。

「ヴォルキン様の派閥をソシンが急襲した。ヴォルキン様は捕らわれて、抵抗したアレン殿は殺されてしまったのだ」

「マジか……」

レオは口の中が渇くのを感じつつも、確かに想定しうることだと思った。

「この宿を知る者はヴォルキン様を含む少数だが、他の捕らわれた者が口を割らないとも限らない。早く逃げてくれ」

この男を連れて、一度帝都から離れよう——レオがそう提案しようと思ったその時。

脳内にテレパシーのように音声が流れた。

『忠良なる臣民に告げる』

レオだけでなく、ベルナーもルナも、傷を負った使いの男も一様《いちよう》に驚きを露わにした。

『私は帝国七魔将のソシン。今日は訃報《ふほう》と慶事《けいじ》を伝える』

どうやら頭の中に直接音声を送っているらしい。これほど大規模な通信魔法は一般的には知られていないので、なんらかのオリジナル魔法であることは間違いない。

だが……と思う。

レオはあらゆる魔法防御を施しているのだ。

それが害のない通信であったとしても、一方的な魔力の行使などありえないはずだった。通信ができるなら、その原理を使って攻撃もできるのではないかとレオは危惧《きぐ》した。

魔法防御が機能しないとしたら、かつてない強敵を予感させた。

『カール皇帝が崩御された。これより、陛下を偲《しの》んで、黙祷を捧げる』

「くそっ、自分で殺しておきながら！」

ヴォルキンの使いが客室のテーブルを叩いた。

レオもベルナーもルナも同じ疑念を抱いていたが、やはり皇帝は単なる病死ではなく、ソシンが裏で糸を引いていたらしい。少なくとも、ヴォルキンの派閥ではそう考えられているようだ。

『——黙祷終わり』

カール皇帝に捧げられた黙祷の時間は、驚くほど短かった。

『臣民においては、皇帝を失い不安に思っていることだろう。先帝陛下もそのことにいたく思いを馳《は》せておられた。すぐに新しい皇帝を立てよと遺言なされている』

「ちっ！　ソシンの奴め……。テメーの息がかかった皇子を皇帝に立てるだけだろうが」

ベルナーは憎々しげに吐き捨てた。

『即位の儀は、これより一刻の後に恩寵《おんちょう》の広場で行う。どの臣民も参賀できる』

「恩寵の広場ってのは、この近くなのか？」

レオがベルナーに聞いた。

「ああ。帝宮に面した広場だ。行事の際に市民の前に皇帝が顔を見せることがある」

「ベルナー、お前は行くか？」

「行かない。気分が悪くなるだけだ」

レオにももちろん行く理由がない。それどころか、使いの男が言うように、この宿も安全ではない可能性がある。一刻も早く逃げたほうが賢明な状況だ。

だが。

レオは、なぜか新しい皇帝を見なくてはならないと感じていた。

はっきりした理由はレオにも分からない。

何か夢で見た出来事が関係しているような気がする。

「ルナ、ベルナー。この人を連れて、先に帝都を出てくれないか」

「え？　レオはどうするの？」

ルナが驚いて聞き返す。

「俺は恩寵の広場に行く。ソシンと新皇帝を見てくる！」

レオはそう言うなり部屋を飛び出し、帝宮の方に走り出した。

恩寵の広場の場所は分からなかったが、レオは人の流れる方を目指して進む。

「なんでも、新しい皇帝は十歳ぐらいの少女らしい」

「少女の皇帝か。良いんじゃないか？　先帝は戦争が多すぎた。若者がどれだけ死んだことか」

「しっ。迂闊《うかつ》なことを言うと捕まるよ」

道行く人々は不安や好奇心を露わに、噂話に興じている。

やがてレオは、多くの人だかりで埋め尽くされた広場に至った。

「ここが恩寵の広場か」

見上げると、帝宮のバルコニーには仮面をつけた人物がいた。

あれが噂に聞くソシンに違いない。

隠している魔力の大きさはおそらく自分よりも下だと判断したが、言い知れない不気味さを感じて、レオは小さく身震いした。

だが、今のレオにはそれよりも気掛かりなことがある。ただただ、まだ現れていない皇帝の顔を見たいのだ。

顔がはっきり見えるように、レオは群衆をかき分けてバルコニーのそばまで近づく。

(早く、早くしろよ)

ややあって、ソシンが少し後ろに下がり、一人の少女がゆっくりとバルコニーに姿を現した。

ソシンの胸にも背が届かないような、幼い新皇帝。

だが、その姿を見た瞬間、レオに稲妻に撃たれたかのような衝撃が走った。

「う、嘘だろ……そんな馬鹿な……」

集まった市民は一様に感嘆のため息を吐いた。

その少女はあまりに幼く、もう何世代遡《さかのぼ》っても例のない女帝だった。

だが、ため息の理由はそれではない。即位の儀式のために着飾ったその少女が、あまりにも美しく神々しかったからだ。

そんな万を超える聴衆のなかで、しかしレオだけが別の衝撃を受けていた。

以前、夢に見た少女と瓜二つの顔がそこにあった。

「ミラ……ミラなのか？」

ミラ……それは、かつてグマンの森で死なせてしまった獣人の女の名だ。レオは目の前の少女を、探し求めていたミラの転生者だと直感した。

「いや……でも、そんな馬鹿な……」

裁きの日――彼女が転生した日から数えて約十年。十歳前後という歳の頃にもちょうど合う。

ソシンはテレパシーではなく、鈴の音が鳴るような声で言った。

大きな声ではなかったが、不思議とよく通った。

「新たな皇帝陛下は、帝国の〝未来をご覧に〟なる。我らを正しく導いてくださるだろう。帝国に栄光あれ！」

『帝国に栄光あれ！』

広場に集まった者達が、ソシンの呼びかけに応えて歓声を上げる。

未来を見るという言葉も、レオにミラを強く意識させるものだった。

ミラが帝国の皇帝……。そして、事と次第によってはベルナーと対立する可能性もある。

この状況で、どう行動するのが正しいのか、答えはすぐに出そうにない。

新たな皇帝を祝福する群衆の喝采《かっさい》の中、レオは一人隠しきれぬ動揺を胸に、バルコニーに背を向けた。

商団の団長として仲間を率い、お金を稼ぎながら未知の荒野を探索するSRPG。
巴や澪はもちろん、エマ、トア、リノンといった原作キャラクター達も登場!
原作ストーリーに沿いつつ、「原作と違う結果」につながる「新たなる月導」が、
ここから始まる……。

とあるおっさんのVRMMO活動記
PCオンラインゲーム
絶賛
サービス中
ワンモア・フリーライフ・オンライン
とあるおっさんのオンライン活動記
「ワンモア」が
リニューアル!?
仲間と楽しめる新機能と共に
「ワンモア・フリーライフ・
オンライン」
新生・再始動…!
詳しくは http://omf-game.alphapolis.co.jp/ へアクセス!
© Howahowa Shiina © AlphaPolis Co.,Ltd.

超人気異世界ファンタジー THE NEW GATE
スマホアプリ絶賛配信中！
THE NEW GATE
ザ・ニュー・ゲート
小説最新9巻登場
「天下五剣」が手に入る
期間限定クエスト開催!!
毎週 新装備 が 続々登場中！
※本告知は2017年3月時点のものです。
本イベントは期間限定であり、既に終了している可能性もあります。
新規でゲームを始めると
10連ガチャ
1回分のジェイルを
プレゼント！
【Android】Google Play
【iOS】App Store
でダウンロード！
公式サイトは
こちら
http://game.the-new-gate.jp/
©Shinogi Kazanami ©AlphaPolis Co., Ltd. キャラクター原案: 魔界の住民・三輪ヨシユキ

Re:Monster
ゲームアプリ解放《リリース》中!!
60万ダウンロード突破!
※2017年2月21日時点
App Store無料ランキング（ゲームカテゴリ）2位!
※2016年2月25日時点
Google Play™ 国内アプリ新着無料ランキング 3位!
※2016年2月26日時点
おかげさまで誕生1周年!
喰えば喰うほど強くなるRPG!
Re:Monster《リ・モンスター》
～ゴブリン転生記～
書き下ろしマンガも公開中じゃよ
詳しくは
http://remonster.jp/
にアクセス!
【Android】Google Play
【iOS】App Store
で好評配信中!
携帯サイトはこちらから!
©Kogitsune Kanekiru ©AlphaPolis Co., Ltd.

ネットで大人気の
激レアアイテムファンタジー！

鉱山で働く平凡な少年クラウドは、あるとき次元の歪みに呑まれ、S級迷宮に転移してしまう。ここで出てくるモンスターの平均レベルは三百を超えるのに、クラウドのレベルはたったの四。そんな大ピンチの状況の中、偶然見つけたのが伝説の装備品三種――剣、腕輪、盾だった。彼らは、強力な特殊能力を持つ上に、人の姿にもなれる。彼らの力を借りれば、ダンジョンからの脱出にも希望が出てくる……のだが、伝説の装備品をレベル四の凡人がそう簡単に使いこなせるわけもなく――

定価：本体1200円＋税　ISBN：978-4-434-23145-2　illustration：木塚カナタ

異世界に転生した、元システムエンジニアのロディ。
魔術を学ぶ日が来るのをワクテカして待っていた彼だったが、適性検査で才能ゼロと判明してしまう……。
しかし失意のどん底にいたのも束の間、誰でも魔術が使えるようになる“魔術陣”という希望の光が見つかる。
更に、前世で得たプログラミング知識が魔術陣完成の鍵と分かり――。

●定価:本体1200円+税　●ISBN978-4-434-23012-7

illustration:SamuraiG

東国不動《とうごくふどう》
東京都出身、在住。中国の武侠小説を愛読する。2015年5月からネット上で小説の投稿を始め、たちまち人気に。本作にて出版デビュー。この他の著作に「異世界料理バトル」（Mノベルス）がある。

イラスト：トリダモノ
http://hakidameya.web.fc2.com/

本書は、「小説家になろう」（http://syosetu.com/）に掲載されていたものを、改稿のうえ書籍化したものです。

賢者《けんじゃ》の転生実験《てんせいじっけん》 4

東国不動（とうごくふどう）

2017年3月31日初版発行

編集－仙波邦彦・篠木歩・太田鉄平
編集長－塙綾子
発行者－梶本雄介
発行所－株式会社アルファポリス
〒150-6005東京都渋谷区恵比寿4-20-3恵比寿ガーデンプレイスタワー5F
TEL 03-6277-1601（営業） 03-6277-1602（編集）
URL http://www.alphapolis.co.jp/
発売元－株式会社星雲社
〒112-0005 東京都文京区水道1-3-30
TEL 03-3868-3275
装丁・本文イラスト－トリダモノ
装丁デザイン－ansyyqdesign
印刷－図書印刷株式会社

価格はカバーに表示されてあります。
落丁乱丁の場合はアルファポリスまでご連絡ください。
送料は小社負担でお取り替えします。

ISBN978-4-434-23039-4 C0093